Ein Kinderkrimi von
Julia Volmert

Mit Zeichnungen
der Autorin

Julia Volmert

Drei Detektive auf falscher Fährte

edition albarello

INHALT

EIN GUTES ZEUGNIS UND EINE SCHLECHTE NACHRICHT

Miriam polterte gut gelaunt die Treppe zum Dachgeschoss herauf.

Endlich Ferien! Das Wetter war zwar schlecht, aber ihr Zeugnis war super. Mama würde sich freuen.

Frau Meika aus dem dritten Stock brüllte ihr etwas nach, das wie ‘Ruhestörung’ klang.

Aber das störte Miriam heute überhaupt nicht.

Als sie die Wohnungstür der Dachwohnung aufschließen wollte, stutzte sie: Die Tür war nicht abgeschlossen. Konnte denn Mama schon wieder zu Hause sein? Oder hatte ein Einbrecher die Tür aufgebrochen? Vorsichtig schob Miriam die Wohnungstür auf und blickte durch den schmalen Flur in die Küche.

Dort saß Miriams Mutter mit dem Rücken zur Tür am Küchentisch.
Miriam stürmte mit einem Jubelschrei in die Küche. Sie schwenkte das Zeugnis und rief: „Das finde ich ja toll, dass du dir heute für mich freigenommen hast. Schau mal, mein Zeugnis ...“
Frau Dellbrück hob den Kopf. Miriam war still und ließ das Zeugnis fallen.
Ihre Mutter hatte rot verweinte Augen. Sie tupfte sich schnell mit einem Taschentuch das Gesicht trocken und putzte sich die Nase.
„Hallo, mein Kleines“, murmelte sie.
„Mama - du weinst ja! Was ist denn los?“, fragte Miriam erschrocken. Sie fand es entsetzlich, ihre Mutter weinen zu sehen. Es erinnerte sie wieder an die traurige Zeit, als sich ihre Eltern getrennt hatten. Auch damals hatte ihre Mutter oft so verweint ausgesehen.
Miriams Mutter versuchte zu lächeln.
„Weißt du, Miriam, in Zukunft wird sich einiges ändern. Ich werde jetzt viel mehr Zeit für dich haben ...“
„Ja aber -“, Miriam blickte ihre Mutter verständnislos an. „Aber warum bist du darüber so traurig?

Warum freust du dich denn nicht, wenn der blöde Herr Steimer dir endlich mal öfter freigibt?“

„Herr Steimer hat mir nicht freigegeben - er hat mich rausgeschmissen“, sagte Frau Dellbrück. Sie nahm Miriam in den Arm. „Wir werden in der nächsten Zeit nicht viel Geld haben. Aus unserem Urlaub wird auch nichts. Wir müssen sparen und ich muss zum Arbeitsamt und versuchen eine neue Arbeit zu finden.“

Miriam drückte ihre Mutter ganz fest.

„Das macht doch nichts, Mama.“

Natürlich hatte sich Miriam schon seit Wochen auf den Urlaub am Meer gefreut. Aber sie merkte, dass sie ihrer Mutter jetzt nicht zeigen durfte, wie enttäuscht sie war.

„Du findest doch bestimmt ganz schnell wieder eine Arbeit, Mama. Du hast doch selbst immer gesagt, dass Herr Steimer ohne dich gar nicht klarkommt. Sei doch froh - vielleicht hast du bald einen Chef, der viel netter ist als Herr Steimer. Der ist doch sowieso blöd“, versuchte sie ihre Mutter zu trösten.

„Ach, Miriam, wenn es so einfach wäre, neue Arbeit zu finden!“ Ihre Mutter schluchzte wieder. „Herr Steimer hat mich heute wegen Diebstahls entlassen.

Wenn man wegen Diebstahl gekündigt wird, bekommt man doch nie wieder eine Stelle."
„Wegen Diebstahl?", fragte Miriam fassungslos. „Was ist denn passiert?"
„Wenn ich das selbst so genau wüsste", antwortete Frau Dellbrück verzweifelt. „Gestern Abend bin ich noch mal ins Büro gefahren und habe einen Vertrag in den Tresor gelegt. Heute Morgen, als ich zur Arbeit kam, hat mich Herr Steimer schon erwartet und gebrüllt, dass er nie von mir gedacht hätte, dass ich ihn bestehlen würde, dass ich sein Vertrauen enttäuscht hätte und so weiter. Und dass er mich nur deshalb nicht bei der Polizei anzeigen will, weil er keine Beweise hätte und weil er nicht will, dass die Firma ihren guten Ruf verliert."
„Was sollst du denn geklaut haben?", wollte Miriam wissen.
„Herr Steimer behauptet, ich hätte eine Computerdiskette aus dem Tresor gestohlen. Dabei weiß ich nicht einmal, um was für eine Diskette es sich handelt. Aber es muss etwas ungemein Wichtiges darauf gespeichert sein, denn Herr Steimer wollte nichts darüber sagen."
Frau Dellbrücks Stimme klang belegt. Sie sah in

Miriams bedrücktes Gesicht. Was war sie nur für eine Mutter, dass sie ihre kleine Tochter mit ihren beruflichen Sorgen belastete? Seit der Trennung von ihrem Mann hatte das Kind es sowieso schon schwer genug. Miriam wirkte oft schon so schrecklich vernünftig und erwachsen. Auch wenn es gut tat, sich auszusprechen, musste sie jetzt mal einen Punkt machen. Frau Dellbrück zwang sich zu einem Lächeln und hob das Zeugnis vom Fußboden auf.

„So - jetzt will ich mir erst mal deine Noten ansehen!“

TRÜBE AUSSICHTEN

Der Schulbus rumpelte von Thalheim aus über die Landstraße Richtung Dinkelsbach. Mit dem Auto fuhr man fünfzehn Minuten bis in das kleine Dorf. Der Schulbus brauchte aber viel länger, denn er musste Umwege durch kleinere Siedlungen fahren, um alle Kinder nach Hause zu bringen.
Dinkelsbach war die Endstation. Auf dem letzten Stück von der Siedlung ‘Grüne Heide’ bis ins Dorf saßen deshalb nur noch wenige Kinder im Bus.
Jana und ihre Freundin Bettina hatten es sich auf der letzten Bank gemütlich gemacht. Vor ihnen saßen Freddi, Björn und Ivo.
„Meine Koffer sind gepackt. Heute Nachmittag geht’s dann zum Flughafen und um sieben sind wir schon auf Ibiza“, sagte Bettina.

„Ibiza? Wo ist denn das?“, wollte Freddi wissen. Seinen Eltern gehörte das einzige Hotel im Ort, das Gasthaus ‘Zum Wilden Schwein’. Da Freddis Eltern gerade in den Ferien viel zu tun hatten, fuhr Familie Bürger sehr selten in den Urlaub.

„Ibiza ist eine Insel. Mit Palmen und so. Aber wo das genau ist, weiß ich auch nicht“, antwortete Bettina.

„Ibiza ist total ätzend“, fiel ihr Björn ins Wort. „Ich war letztes Jahr dort. Echt öde. Das Meer war meilenweit vom Hotel entfernt, der Pool wurde gerade repariert, die Palmen wuchsen nur in Blumentöpfen und kleinen Beeten, rundherum waren Baustellen und in dem ganzen Teil wohnten nur scheintote Grufties. Ich war das einzige Kind dort.

Mann - war das schrecklich. Aber dieses Jahr fahre ich mit Pfarrer Blessmanns Kindergruppe an die Nordsee.“

„Das wird cool“, grinste Ivo. „Ich fahre auch mit. Und das Beste - ohne meine nervigen Schwestern. Die fahren mit meinen Eltern zu Oma.“

Jana hatte die ganze Zeit noch nichts gesagt. Sie starrte aus dem Busfenster. Draußen schüttete es wie aus Gießkannen.

Freddi gab ihr einen Knuff.

„He - Jana. Wo fährst du denn hin?“, fragte er.
„Wir fahren erst in der zweiten Ferienhälfte weg“, stöhnte sie. „Also dann, wenn ihr alle wieder hier seid. Und die ersten drei Wochen sitze ich alleine im Regen und langweile mich zu Tode.“
„Nee - ich bin auch hier“, verkündete Freddi.
Jana setzte sich auf. „Ich dachte, du fährst zu deiner Tante“, sagte sie erstaunt.
Freddi schüttelte den Kopf. „Das klappt nicht. Tante Tinas Baby hat die Windpocken bekommen. Deshalb kann ich nicht hinfahren.“
Mittlerweile war der Schulbus auf dem Marktplatz von Dinkelsbach angekommen. Die Kinder nahmen ihre Schultaschen und stiegen aus. Sie verabschiedeten sich und wünschten sich gegenseitig schöne Ferien.
„So - jetzt kommt das Schlimmste“, sagte Freddi zu Jana, als sie im strömenden Regen über den Marktplatz gingen. „Mein Zeugnis sieht nicht so gut aus. Hoffentlich kriege ich keinen Krach mit meinen Eltern.“
Jana nickte mitfühlend. „Ich drücke dir die Daumen. Wir sehen uns ja noch, nicht wahr?“
„Klar“, versicherte Freddi. „Als einzige hinterblie-

bene Kinder des Dorfes müssen wir schließlich zusammenhalten."
Obwohl der Weg vom Marktplatz bis zur Hauptstraße nicht weit war, war Jana völlig durchnässt, als sie in den Hausflur trat.
„Hände hoch - ergib dich, Schurke!", piepste es da hinter ihr und etwas Spitzes stach in ihre Rippen. Jana fuhr herum und entriss dem kleinen Piraten, der sich in der Garderobe versteckt hatte, ein Holzschwert. Ihr kleiner Bruder Tim war vor einigen Tagen fünf Jahre alt geworden. Zum Geburtstag hatte er das Holzschwert bekommen und nun nervte er die ganze Familie.
„He - Tim. Lass mich erst mal die nassen Klamotten ausziehen. Gibt's was Leckeres zum Mittagessen?", wollte Jana wissen.

Tim schmollte. Er konnte nicht verstehen, dass sich keiner außer ihm für das Piratendasein begeisterte.
„Hallo, Jana, wie war der letzte Schultag? Zeig mal dein Zeugnis.“ Janas Mutter schaute aus der Küche und warf ihrer Tochter ein Handtuch zu.
Jana fing es auf und begann ihre Haare trockenzurubbeln.
„Hei, Mutti. Die Lehrerin hätte beinahe geheult, weil wir ja nach den Ferien alle auf eine andere Schule gehen. Ich hätte gar nicht gedacht, dass sie unsere Klasse so gerne hat.“
Jana kramte das Zeugnis aus ihrer Tasche und reichte es ihrer Mutter.
In der Küche roch es köstlich nach Tomatensauce. Auf dem gedeckten Tisch standen schon eine große Schüssel Salat und ein dampfender Topf mit Spagetti.
Frau Peters drückte ihre Tochter und sagte: „Schön, das Zeugnis. Bis auf die Deutschnote. Die hätte besser sein können, nicht wahr?“
Jana setzte sich an den Tisch und schaufelte sich einen riesigen Berg Nudeln auf den Teller.
„Ja, das letzte Diktat war voller Fehler - daher die Deutschnote.“
„Nun - dann werden wir in den Ferien mal ein

bisschen Diktate üben müssen“, gab Janas Mutter zurück, während sie versuchte Tim daran zu hindern, dass er die Tomatensauce über den ganzen Tisch verteilte.

Jana verzog das Gesicht.

„In den Ferien Diktate üben - das ist ja wohl das Letzte!“

Ehe Frau Peters antworten konnte, klingelte das Telefon. Sie erhob sich, ging ins Wohnzimmer, wo das Telefon stand, und schloss die Tür hinter sich.

Tim nutzte die Gelegenheit, sich noch mehr Nudeln zu nehmen, um daraus eine Pirateninsel aufzutürmen. Aus reichlich Tomatensauce entstand ein Meer um die Insel. Anschließend pflanzte er Palmen aus Salatblättern auf die Nudelinsel. Ein Paprikastückchen war das Piratenschiff, das Tim mit den Fingern über das Meer steuerte. Der Sturm, der nun aufkam, peitschte Saucenwogen über den Tisch, Tims Pullover und den Fußboden.

Jana starrte nur missmutig auf ihren Teller. Das waren ja trübe Aussichten für die Ferien! Drei Wochen mit Diktatüben verbringen, bei dem Wetter, während alle Kinder verreist waren. Selbst ihre Kusine Miriam aus Domstadt würde mit ihrer

Mutter ans Meer fahren.

Die Wohnzimmertür öffnete sich und Janas Mutter kam wieder herein.
Tim verschwand schnell unter dem Tisch und kuschelte sich an Artus, den Hund, der gerade damit beschäftigt war, die Tomatensauce vom Boden zu lecken.
Ängstlich wartete Tim auf das Donnerwetter, das gleich kommen musste.
Aber es kam nicht.
„Was ist denn los? Du siehst so traurig aus“, fragte Jana.
„Ich habe gerade mit deiner Tante Martina aus Domstadt telefoniert“, antwortete Janas Mutter. „Etwas Schlimmes ist passiert. Sie hat ihre Arbeitsstelle verloren. Jetzt kann sie natürlich nicht mit Miriam ans Meer fahren, so wie sie es vorhatte. Außerdem wird sie auch nicht viel Zeit für Miriam haben, weil sie sich um eine neue Arbeit kümmern muss. Daher wollte sie wissen, ob du nicht Lust hast nach Domstadt zu kommen, damit wenigstens Miriam etwas von ihren Ferien hat und nicht alleine zu Hause sitzt.“

DIE FAHRKARTEN, BITTE!

Im Restaurant des Hotels ‘Zum Wilden Schwein’ herrschte Chaos. Gestern hatte hier eine Hochzeitsfeier stattgefunden. Frau Bürger, die Mutter von Freddi, kämpfte mit dem Staubsauger gegen jede Menge Konfettischnipsel, die hartnäckig am Teppichboden hafteten. Der Kellner Salvatore stand auf einer gefährlich schwankenden Leiter und bemühte sich Girlanden und Papierschlangen von den Lampen zu lösen.

Herr Bürger war in der Küche damit beschäftigt, die Platten vom kalten Büfett zu säubern. Freddi hatte gerade den Auftrag erhalten, den Blumenschmuck auf den Tischen einzusammeln, als Jana hereinkam.

„Hallo, Jana. Willst du aufräumen helfen?“, fragte Freddi.

„Nee. Ich wollte mich eigentlich bloß verabschieden. Heute Abend fahre ich zu Miriam nach Domstadt“, erklärte Jana.
„Das darf ja wohl nicht wahr sein! Willst du mich hier alleine lassen?“, maulte Freddi. Doch dann kam ihm eine glänzende Idee.
„Mensch, Jana - meinst du, ich kann mitfahren?“
„Das wäre super. Miriam freut sich bestimmt. Und Tante Martina hat sicher auch nichts dagegen“, stimmte Jana zu.
„Mamachen - darf ich zu Miriam fahren?“, fragte Freddi.
Seine Mutter stellte den Staubsauger ab. „Also ich habe nichts dagegen. Aber seid ihr sicher, ob das Frau Dellbrück recht ist?“
„Rufen Sie sie doch einfach an und fragen Sie“, bat Jana. „Ich kenne die Telefonnummer auswendig.“
Nach einem kurzen Telefongespräch mit Miriams Mutter war alles klar. Freddi durfte mitfahren. Seine Sachen musste er allerdings alleine packen - dazu hatte seine Mutter jetzt keine Zeit.
„Vergiss deine Zahnbürste nicht!“, rief Frau Bürger hinter Freddi und Jana her, die in Freddis Zimmer verschwanden.

Eine Stunde später war Freddis Rucksack gepackt. Oben drauf hatte er den Schlafsack geschnallt, in den Seitentaschen steckten seine beiden Funkgeräte. Während Freddi packte, hatte Jana ihm erzählt, warum Miriam nicht mit ihrer Mutter ans Meer fahren konnte.

„Also - wenn Miriams Mutter jetzt keine Arbeit mehr hat, hat sie im Moment sicher nicht so viel Geld. Wir sollten was zu essen mitnehmen, damit Miriams Mutter uns nicht durchfüttern muss“, schlug Freddi vor.

„Gute Idee“, fand Jana. „Aber wo sollen wir was zu essen herbekommen?“

„Tja - komm mal mit in die Küche.“ Freddi grinste verschmitzt.

In der Küche des Restaurants standen noch jede Menge Reste, die vom kalten Büfett der Hochzeitsgesellschaft übrig geblieben waren. Freddi begann gebratene Schnitzel, Kochschinken, Käsehäppchen und Forellenfilets in Alufolie zu wickeln. Währenddessen füllte Herr Bürger verschiedene Salate in Plastikschälchen.

Jana packte alles in eine Reisetasche und fragte erstaunt: „Können wir das alles mitnehmen?

Brauchen Sie das nicht mehr?“
Herr Bürger nickte: „Das dürfen wir nicht mehr verwenden. Das ist Gesetz. Aber es wäre zu schade, die guten Sachen wegzuwerfen.“

Als der Sechsuhrzug nach Domstadt in den Thalheimer Bahnhof einfuhr, standen Jana und Freddi schwer bepackt am Bahnsteig.
Sie verabschiedeten sich von Janas Vater, der sie zum Bahnhof gefahren hatte, und stiegen ein. Kaum dass der Zug den Bahnhof verlassen hatte und Janas winkender Vater außer Sicht war, trennten sie sich allerdings.
Jana ging mit einem Funkgerät ins letzte Zugabteil, Freddi mit dem anderen nach ganz vorne.
Jana, die später einmal Kriminalkommissarin oder Privatdetektivin werden wollte, war der Meinung gewesen, dass man auf einer Zugfahrt sehr gut verdächtige Personen ausfindig machen konnte.
Zusammen mit Freddi und Miriam hatte sie ein Detektivbüro gegründet. Sie hatten auch schon zwei Fälle aufgeklärt, jedoch hatte sich jedes Mal herausgestellt, dass kein Verbrechen im Spiel war.
Während der Zug also dahinratterte, tauschten Jana

und Freddi Funksprüche aus.
Das heißt, sie versuchten es. Die Batterien waren nicht mehr ganz neu und im Zug funktionierten die Geräte sowieso nicht so gut wie im Freien.
Gerade als Freddis Funkgerät schließlich keinen Mucks mehr von sich gab, trat der Schaffner in den Wagon. „Die Fahrkarten, bitte."
O Schreck! Jana hatte beide Fahrkarten eingesteckt. Freddi erhob sich und versuchte so unauffällig, wie es mit einem dicken Rucksack, zwei Taschen und einem Funkgerät nur ging, zur hinteren Wagontür zu gelangen.
„Halt, junger Mann. Wohin so eilig?", stoppte ihn der Schaffner.
Es dauerte eine ganze Weile, bis Freddi dem Schaffner erklärt hatte, dass seine Freundin im hintersten Wagen die Fahrkarten bei sich trug.
Mittlerweile war es Jana zum Glück zu langweilig geworden, alleine und ohne Funkkontakt im Zug zu sitzen. Sie hatte ihren Rucksack geschultert und kam nach vorne. In der Mitte des Zuges traf sie auf Freddi und den Schaffner. Nachdem Jana die Fahrkarten vorgezeigt hatte und der Schaffner gegangen war, beschlossen Jana und Freddi den Rest der

Fahrt in einem Abteil zu bleiben.
„Ich hab ein bisschen Hunger“, sagte Jana.

DETEKTIVPLÄNE

Als der Zug schließlich in den Domstädter Bahnhof einfuhr, waren Jana und Freddi pappsatt und die Tasche mit den Lebensmitteln hatte sich deutlich geleert.

Miriam stand am Bahnsteig und winkte. Mit ihrem leuchtend roten Lockenkopf und der quietschgrünen Regenjacke war sie gut zu erkennen zwischen all den grauen und schwarzen Mänteln der Erwachsenen.

„Hey - das finde ich Klasse, dass ihr kommen konntet“, begrüßte Miriam die beiden.

Auf der kurzen Straßenbahnfahrt bis zur Kopernikusstraße, wo Miriam mit ihrer Mutter wohnte, berichtete Miriam, was vorgefallen war.

„Meine Mutter soll eine rote Diskette aus dem Firmentresor gestohlen haben. Könnt ihr euch so eine gemeine Lüge vorstellen? Und Herr Steimer, ihr Chef, hat sie einfach entlassen. Mama ist völlig verzweifelt. Um mir die Ferien nicht zu verderben, hat sie vorgeschlagen, dass ich dich, Jana, besuchen soll. Aber ich habe Nein gesagt. Ich kann Mama doch jetzt unmöglich im Stich lassen."

„Na - jetzt sind wir ja hier", sagte Jana. „Die Sache mit der gestohlenen Diskette hört sich doch ganz nach einem Fall für uns drei Detektive an. Wir müssen den wahren Schuldigen finden. Dann ist klar, dass Tante Martina unschuldig ist!"

Miriam sah Jana ernst an: „Hör mal, Jana. Das ist kein Spiel. Wir dürfen meiner Mutter auf keinen Fall noch mehr Ärger machen, als sie sowieso schon hat. Bitte sag so einen Blödsinn nicht zu Mama."

Die Straßenbahn hielt mit einem Ruck.

Kopernikusstraße! Sie waren da. Jana war schon einige Male hier gewesen. Freddi jedoch war sehr gespannt darauf, wo Miriam wohnte. Zu beiden Seiten der großen Straße standen hohe, schmale Häuser. Viele waren mit kleinen Bögen geschmückt, an einigen schauten sogar Engel oder Löwenköpfe von den Simsen herunter. Manche der Häuser waren bunt gestrichen: gelbweiß oder hellgrün und dunkelgrün.

Das Haus, auf das Miriam zusteuerte, war grau. Es war ebenfalls mit verzierten Simsen versehen, aber ohne Löwen und Engel. Dafür bröckelte der Putz an manchen Stellen. Miriam schloss die schwere Eingangstür auf. Der Fußboden im Flur hatte wohl einmal aus einem schönen Muster aus kleinen Mosaikfliesen bestanden. Aber die Stellen, die kaputt waren, hatte man einfach mit Zement geflickt. Es ging nun eine knarrende Holztreppe empor. Freddi und Jana kamen mit ihren schweren Rucksäcken ganz schön ins Schwitzen.

„Pst, trampelt nicht so - im dritten Stock wohnt Frau Meika. Die schimpft immer sofort“, mahnte Miriam.

Schnaufend gelangten sie oben in der Dachwohnung an. Frau Dellbrück öffnete die Wohnungstür.

„Hallo - da seid ihr ja“, begrüßte sie die Kinder. „Miriam, am besten, du zeigst Jana und Freddi erst mal, wo sie schlafen werden, und ich mache uns was zu essen.“

„Ach - wir haben keinen großen Hunger. Und etwas zu essen haben wir auch mitgebracht“, verkündete Jana und drückte ihrer überraschten Tante die Tasche mit Lebensmitteln in die Hand.

Die Wohnung war nicht sehr groß.
„Das ist das Zimmer meiner Mutter und dort ist die Küche“, erklärte Miriam Freddi. „Hier das Wohnzimmer, das Bad und dies ist mein Zimmer.“
„Ist das Hochbett neu?“, wollte Jana wissen.
Miriam nickte: „Ja - das hat Papa mir geschenkt. Wir werden oben auf dem Podest schlafen. Da ist Platz genug für uns beide. Und du, Freddi, schläfst unten.“
Miriams Mutter hatte eine Luftmatratze unter das Hochbett gelegt. Freddi breitete seinen Schlafsack auf der Luftmatratze aus und kletterte die Leiter zum Podest empor.
„Klasse! So ein Hochbett hätte ich auch gerne“, sagte er.
Kurz darauf saßen sie alle zusammen im Wohnzimmer und aßen die Reste des Hochzeitsbüfetts.
Miriams Mutter war ziemlich schweigsam und bedrückt. So kannte Jana ihre Tante gar nicht.
Freddi erzählte Miriam, was es in Dinkelsbach Neues gab - dass Jana und Freddi sich wieder mit Bettina, Björn und Ivo vertragen hatten, zum Beispiel - aber gute Stimmung kam trotzdem nicht auf.

Nach dem Essen sagte Frau Dellbrück: „So - ich glaube, es wird Zeit für euch, schlafen zu gehen. Macht euch mal bettfertig!“
Freddi verschwand als Erster im Bad. Gleich darauf tauchte er im Schlafanzug wieder auf.
„Das ging aber fix“, wunderte sich Miriams Mutter. „Hast du dir auch die Zähne geputzt?“
Freddi grinste. „Nee - leider hab ich meine Zahnbürste vergessen.“

Wenig später hatten es sich Jana, Miriam und Freddi auf Miriams Hochbett gemütlich gemacht, denn so richtig müde waren sie noch nicht.
„Mama ist so traurig - ich weiß gar nicht, wie ich ihr helfen kann“, sagte Miriam. „Ich glaube, ich koche morgen was Leckeres. Als Überraschung. Vielleicht wird sie dann ein bisschen fröhlicher.“
„Ich helfe dir. Schließlich ist mein Vater Koch“, schlug Freddi vor.
„Also - ein tolles Essen ist zwar schön, aber wir würden Tante Martina sicher mehr helfen, wenn wir den wahren Dieb entlarven würden. Ich hätte da auch schon einen Verdacht ...“, begann Jana.
„Du gibst wohl nie auf“, unterbrach Miriam. „Ich

habe dir doch in der Straßenbahn bereits gesagt, dass ich nicht möchte, dass du mit deinen Detektivaktionen meine Mutter noch mehr aufregst."
Draußen war es dunkel geworden. Nur ein schwacher Schein der Straßenlaterne beleuchtete die Zimmerdecke. Miriam konnte Janas Gesicht nicht erkennen, aber als Jana antwortete, klang ihre Stimme ziemlich beleidigt.

„Du weißt, dass ich Tante Martina nur helfen möchte. Sie muss doch nicht mitbekommen, dass wir ermitteln. Wenn wir nichts herausfinden, braucht sie nie etwas davon zu erfahren. Wenn wir aber den Fall

lösen, wird sie sich freuen und dankbar sein."
„Klingt doch ganz gut", warf Freddi ein.
Miriam schwieg. Sie hatte selbst schon verzweifelt überlegt, wie sie ihrer Mutter helfen konnte. Etwas Vernünftiges war ihr aber nicht eingefallen. Eigentlich hatten Freddi und Jana Recht. Das Schlimmste, was passieren konnte, war schließlich, dass sie nichts herausfanden.
„Na schön", sagte Miriam. „Ich bin dabei. Von mir aus können wir ermitteln. Aber wie stellen wir das an?"
Nun war Jana in ihrem Element: „Erstens: Den genauen Tathergang feststellen. Zweitens: Verdächtigenliste aufstellen. Drittens: Tatortbesichtigung, Beweise sammeln, Spuren sichern, Fingerabdrücke nehmen. Viertens: Zeugen befragen, Verdächtige beschatten. Fünftens: Kombinieren, Fall lösen, Täter zur Polizei bringen", sprudelte sie hervor. Offenbar hatte sie sich schon genau überlegt, wie sie vorgehen wollte. „Erzähl uns erst mal, was genau passiert ist, Miriam!"
Miriam seufzte. Jana stellte sich immer alles so einfach vor.
„Mama war gestern Abend noch alleine bei einem

Kunden und hat mit ihm einen Vertrag gemacht. Herr Steimer wusste, dass sie erst von dem Kunden zurückkommen würde, wenn schon keiner mehr im Büro sein würde. Deshalb hat er ihr die Zahlenkombination gesagt, mit der man den Tresor öffnen kann. Als Mama von dem Kunden zurückkam, hat sie den Tresor geöffnet und den unterschriebenen Vertrag hineingelegt. Sie sagt, sie hätte keine rote Diskette in dem Tresor gesehen. Nur schwarze Disketten. Nachdem sie den Tresor verriegelt und das Büro abgeschlossen hat, ist sie nach Hause gefahren. Heute Morgen, als sie ins Büro kam, hat Herr Steimer sie schon erwartet und ihr gesagt, dass sie eine rote Diskette geklaut hat und dass sie gefeuert ist. So - ich glaube, dass ist eigentlich alles, was Mama mir erzählt hat", schloss Miriam.

Freddi staunte. Seine Eltern hatten im Hotel auch einen Tresor. Darin wurde nachts das Geld aufbewahrt, das die Eltern abends im Restaurant verdient hatten. Seine Mutter brachte es dann morgens zur Bank. Aber der Tresor war in die Wand eingelassen und man konnte ihn mit einem Schlüssel öffnen.

„Braucht man keinen Schlüssel, um den Tresor von Herrn Steimer zu öffnen? Und ist da gar kein Geld

drin?“, fragte er.
„Nein, in dem Tresor sind wichtige Papiere und eben manchmal Disketten“, antwortete Miriam. „Komisch ist nur, dass die geklaute Diskette rot sein soll. Im Betrieb benutzen sie nämlich nur Disketten von einer Firma und die sind immer schwarz. Na, und der Tresor, das ist so ein grauer Schrank mit einem Zahlenschloss. Man muss sechs verschiedene Zahlen richtig einstellen, dann bekommt man die Tür auf. Aber Herr Steimer ändert dauernd die Reihenfolge der Zahlen. Er stellt mindestens einmal pro Woche das Schloss anders ein, weil er Angst hat, dass jemand die Zahlen herausfindet.“
„Wenn die Diskette nicht im Tresor lag, als deine Mutter kam, muss der Täter vor ihr da gewesen sein“, grübelte Jana. „Weißt du, wann Tante Martina im Büro war? Wir müssen die Tatzeit eingrenzen.“
„Sie ist gegen acht nach Hause gekommen. Falls sie nicht noch woanders war, müsste sie gegen viertel vor acht im Büro gewesen sein. Und im SCS wird um fünf Feierabend gemacht. Also muss die Tatzeit zwischen fünf und acht gewesen sein.“
„SCS?“, fragten Jana und Freddi wie aus einem Mund.

Miriam gähnte.
„Die Abkürzung für ‘Steimers Computer Service’, so heißt die Firma“, erklärte sie. „Jetzt bin ich aber hundemüde. Ich glaube, ich möchte nun schlafen.“
Auch Jana und Freddi waren müde. Freddi kletterte die Leiter hinunter und kroch in seinen Schlafsack. Miriam und Jana kuschelten sich unter ihre Decken. Obwohl Jana das Hochbett sehr gemütlich fand, konnte sie nicht einschlafen. Die ungewohnten Geräusche hielten sie wach. In der Wohnung unter ihnen lief der Fernseher. Ab und zu ratterte draußen auf der Straße die Straßenbahn vorbei. Wenn ein Lastwagen an der Ampel hielt, klirrten die Fensterscheiben ein wenig. Und aus dem Wohnzimmer hörte Jana Schritte. Offenbar konnte Tante Martina auch nicht schlafen und ging auf und ab. Ob sie überlegte, wer die rote Diskette gestohlen hatte?
Vielleicht eine Bande von Tresorknackern? Man las das ja oft genug in der Zeitung.
Oder jemand, der auch bei SCS arbeitete. Jana fand diese Möglichkeit wahrscheinlicher. Es konnte doch sein, dass dieser Jemand die Zahlenkombination des Tresors herausgefunden hatte. Jana war sich nämlich sicher, dass Herr Steimer die Zahlen irgendwo

aufgeschrieben hatte. Denn wenn er dauernd die Zahlen änderte, konnte er sich die Kombinationen vermutlich nicht im Kopf merken. Jana wollte morgen mit Miriam und Freddi darüber reden.

Draußen ratterte wieder eine Straßenbahn vorbei, doch die hörte Jana nicht mehr. Sie war eingeschlafen.

EIN VERRÄTERISCHER BRIEF

Frau Dellbrück weckte die Kinder früh am nächsten Morgen. Sie hatte bereits gefrühstückt und wollte nun zum Arbeitsamt.

„Aufstehen, ihr Siebenschläfer! Der Tisch ist gedeckt."

„Mhm - lass uns schlafen. Wir haben doch Ferien", murmelte Miriam. „Ich bin noch sooo müde ..."

„Kein Wunder. Gestern Abend habe ich euch noch bis tief in die Nacht tuscheln hören. Von mir aus könnt ihr noch ein bisschen liegen bleiben. Aber ich muss jetzt los. Ich komme erst gegen Abend wieder, dann koche ich was. Mittags müsst ihr euch ein paar Brote machen. Also - bis heute Abend. Tschüss."

Miriams Mutter schloss die Tür und ging.

Eine Stunde später saßen die Kinder ziemlich ver-

schlafen am Frühstückstisch. Sie waren alle drei nicht sehr gesprächig.
Während sie ihren Kakao trank, grübelte Jana darüber nach, wie sie heute ihre Ermittlungen beginnen sollten.
„Punkt zwei - Verdächtigenliste aufstellen und Verdächtige überprüfen“, murmelte sie.
„He - träumst du noch?“, fragte Freddi.
„Nein, ich überlege gerade, wie wir den Fall bearbeiten“, antwortete Jana und erklärte Miriam und Freddi, was sie sich in der vorigen Nacht überlegt hatte.
„Du meinst, es ist wahrscheinlich, dass einer von den Arbeitskollegen meiner Mutter die Diskette genommen hat?“, wollte Miriam wissen.
„Dann hätten wir folgende Verdächtige: Die Sekretärin Frau Pirseler. Thomas Schulz, der, wie meine Mutter auch, Computerprogramme schreibt. Im Moment ist auch noch ein Praktikant da - Peter Irgendwas, den Nachnamen weiß ich nicht.“
„Den Namen kriegen wir schon raus“, warf Jana ein.
„Und sonst arbeitet keiner im SCS-Büro?“
Miriam dachte nach. „Nein. Sonst niemand.“
„Drei Verdächtige, wenn man deine Mutter und

Herrn Steimer nicht mitzählt", rechnete Jana.

„Ich bin dafür, dass wir die Verdächtigen direkt überprüfen", sagte Freddi.

Jana nickte zustimmend.

Miriam schlug vor, mit Frau Pirseler anzufangen, weil die ganz in der Nähe wohnte. Frau Dellbrück war manchmal gemeinsam mit Frau Pirseler zum Büro gefahren, wenn ihr Auto nicht ansprang.

Die Regenwolken hatten sich verzogen und die Sonne schien, als die drei aus der Haustür traten. Freddi hatte seine Funkgeräte dabei.

„Man kann ja nie wissen", sagte er. „Allerdings müssen wir neue Batterien besorgen, diese sind leer."

In einem Supermarkt kauften sie Batterien.

„Kann Frau Pirseler eigentlich die Diebin sein?", überlegte Jana, als sie weitergingen. „Sie hatte doch um fünf Uhr Feierabend."

„Klar", antwortete Miriam. „Sie könnte nach Büroschluss zurückgekommen sein. Und als Sekretärin hat sie die besten Möglichkeiten herauszufinden, wo Herr Steimer sich die Zahlen für das Kombinationsschloss notiert hat. Aber was für einen Grund könnte sie gehabt haben, die rote Diskette zu stehlen?"

„Industriespionage“, vermutete Jana. „Vielleicht wird Frau Pirseler von einer anderen Firma bezahlt, damit sie Herrn Steimers Computerprogramme klaut und der anderen Firma gibt.“
„Frau Pirseler eine Spionin? Das kann ich mir nicht vorstellen“, lachte Miriam.
„Wartet, bis ihr sie seht. Wir sind übrigens da. Dort drüben wohnt sie.“
Das fünfstöckige Haus mit einer düsteren Toreinfahrt zum Hinterhof sah nicht gerade nach der Prachtvilla einer hoch bezahlten Spionin aus. Das konnte allerdings Tarnung sein, nahm Jana an.
„Was hast du eigentlich genau vor?“, wollte Freddi wissen.
„Na ja - ich dachte, wir klingeln einfach bei Frau Pirseler und verwickeln sie in ein Gespräch. Vielleicht sagt sie irgendwas, das sie verrät. Oder wir bemerken einen wichtigen Hinweis. Wenn sie eine Spionin ist, hat sie bestimmt eine Abhöranlage in der Wohnung oder so was“, sagte Jana.
„Dann bleibe ich am besten hier unten in der Toreinfahrt, denn Frau Pirseler kennt mich“, überlegte Miriam.
Jana wollte gerade bei Frau Pirseler schellen, als sie

bemerkte, dass die Haustür nur angelehnt war.

„Wir gehen hinein und klingeln direkt an ihrer Wohnungstür, dann können wir sie überraschen“, entschied Jana.

Sie verschwand mit Freddi im Hausflur.

Während Miriam auf Jana und Freddi wartete, schlenderte sie in den Hinterhof und sah sich um. Mitten auf dem Platz lag eine leere Coladose. Miriam hob sie auf und sah sich nach einem Abfalleimer um. An der Hauswand standen fünf Mülltonnen. Sie waren ordentlich mit Namen beschriftet. Auf der mittleren Tonne stand: B. Jablonski, E. Pirseler, S. Semloh. Miriam öffnete den Deckel, um die Colabüchse hineinzuwerfen. Die Tonne war voll. Obenauf lag ein handgeschriebener, gefalteter Zettel. Er war aus hochglänzendem Papier.

‘An Elfie’ stand darauf.

Elfie? Frau Pirseler hieß Elfriede. Und Elfie konnte doch eine Abkürzung von Elfriede sein. Neugierig fischte Miriam den Zettel heraus, doch ehe sie ihn auseinander falten und lesen konnte, hörte sie aus dem Hausflur lautes Poltern und Geschrei.

„Lumpenpack! Macht, dass ihr wegkommt, ihr Bälger! Was habt ihr hier zu suchen?“, kreischte eine schrille Frauenstimme. Sekundenbruchteile später kamen Jana und Freddi, wie von einer Tarantel gestochen, aus der Tür geschossen.

Miriam steckte den Zettel in die Jackentasche und rannte hinter Jana und Freddi her. Einen Häuserblock weiter hielten sie keuchend an.

„Das war knapp“, japste Jana. „Hier in der Großstadt ist die Detektivarbeit erheblich gefährlicher als in Dinkelsbach. Zu Hause würde uns keine wild gewordene Omi mit einem Schirm verprügeln.“

„Was ist denn passiert?“, fragte Miriam. Sie war vor Aufregung kreidebleich.

Während sie Richtung Kopernikusstraße gingen, erzählte Freddi, dass sie an Frau Pirselers Tür geschellt hätten. Als keiner öffnete, hatte Jana versucht durch das Schlüsselloch in die Wohnung

zu spähen. Dabei waren sie von einer alten Frau überrascht und davongejagt worden.
„Pleite auf der ganzen Linie“, schloss Freddi seinen Bericht.
„Wir sind auch zu blöd“, stöhnte Miriam. „Die Aktion hätten wir uns sparen können. Frau Pirseler konnte ja gar nicht da sein. Um diese Zeit ist sie natürlich im Büro und arbeitet.“
Mittlerweile waren sie wieder zu Hause bei Miriam angelangt. Vor der Wohnungstür steckte Miriam die Hand in die Jackentasche und suchte nach ihrem Schlüssel - dabei fühlte sie ein Stück Papier.
Ach ja - der Brief aus dem Müll! Sie zog den Zettel heraus und öffnete die Tür. Während Jana und Freddi ihre Jacken auszogen, faltete Miriam den Zettel auseinander und las:

Liebe Elfie, drück die Daumen!
Falls wir Glück haben, sitzen wir bald unter Palmen am Strand. Wenn nur die Zahlen richtig sind! Hier die Kombination für diese Woche: 1 - 2 - 3 - 6 - 8 - 9
Bis bald
M.
P. S.: Dann machen wir dem Chef eine lange Nase!

ZARTROSA FINGERABDRÜCKE

Miriam starrte mit offenem Mund auf den Zettel. Das war ja unglaublich! Auch wenn Jana sonst hinter jeder Kleinigkeit ein Verbrechen vermutete - diesmal schien sie den richtigen Riecher gehabt zu haben.

Dieser Zettel konnte doch wohl nichts anderes heißen, als dass Frau Pirseler - die nette Frau Pirseler mit dem Hütchen - eine Tresorknackerin war! Ob sie bei der Tat wohl eine Strumpfmaske unter ihrem Gamsbarthütchen getragen hatte? Und einen Komplizen hatte sie auch noch. Wer konnte das sein?

„He, Miriam. Was liest du denn da?“ Jana drängte sich neugierig neben ihre Kusine.

Freddi, der ein ganzes Stück größer als die beiden Mädchen war, blickte über Miriams Schulter.

Einen Augenblick lang war sogar Jana sprachlos.
„Wo hast du das her?“, fragte Freddi aufgeregt.
Miriam berichtete, wie sie den Zettel in der Mülltonne gefunden hatte.
„Kann der Zettel nicht von jemand anderem als Frau Pirseler stammen?“, forschte Freddi.
„Kaum“, gab Miriam zurück. „Die Vornamen der anderen Tonnenbenutzer fingen mit S und B an.“
„Wo bewahrt deine Mutter ihr Schminkzeug auf?“, fragte Jana.
Miriam starrte Jana fassungslos an.
„Bist du jetzt total übergeschnappt? Wir haben endlich einen handfesten Beweis dafür, dass meine Mutter unschuldig ist, und du hast nichts Besseres vor, als dich zu schminken?“
„Weiber ...“, murmelte Freddi und tippte sich an den Kopf.
„Wer hat denn gesagt, dass *ich* mich schminken will?“, fauchte Jana böse.
Miriam zuckte mit den Achseln und zeigte Jana das Schränkchen im Bad, in dem Frau Dellbrück ihr Schminkzeug aufbewahrte.
Jana kramte eine Weile herum und kam dann mit einem dicken Kosmetikpinsel und einem Döschen

mit rosa Rougepuder zurück.
Vor den staunenden Augen von Miriam und Freddi begann sie den Zettel an einer Ecke mit Puder einzustäuben. Sie rührte erst mit dem Pinsel in der Puderdose und tupfte dann vorsichtig über das glatte Papier.
„Wow - genial“, staunte Freddi.
Auf dem nun zartrosa Papier zeichnete sich dunkelrosa etwas ab: ein Fingerabdruck.
„Jetzt müssen wir nur noch kontrollieren, ob der Abdruck von Frau Pirseler oder von diesem geheimnisvollen ‘M’ stammt, dann haben wir den Beweis und hops! haben wir den Spionagering“, sagte Jana.
„Der Fingerabdruck ist so blass, dass man das feine Rillenmuster kaum erkennen kann“, gab Miriam zu bedenken.
„Genau“, stimmte Freddi zu. „In Kriminalfilmen nimmt die Polizei immer ein schwarzes Pulver, um Fingerabdrücke sichtbar zu machen.“
„Leider benutzt Tante Martina aber keinen schwarzen Gesichtspuder“, sagte Jana verstimmt. Doch sie sah ein, dass Miriam und Freddi Recht hatten. Um Fingerabdrücke vergleichen zu können, musste man das Rillenmuster deutlich erkennen. Dieses Muster

ist bei jedem Menschen anders.
„Ich habe eine Idee“, rief Miriam und verschwand in ihrem Zimmer. Sie holte einen Kasten mit Tafelkreiden und ein Stück Schmirgelpapier und zerrieb damit ein Bröckchen schwarzer Kreide zu feinem Pulver.
„Probier's mal damit!“
Jana betupfte den Rest des Zettels mit dem Pulver.
An den Rändern des Blattes waren nun viele Abdrücke zu erkennen - diesmal in Schwarz. Einige waren deutlich kleiner als die übrigen.
„Das sind meine“, vermutete Miriam.
„Glaube ich auch“, sagte Jana. „Aber wir müssen sichergehen. Hast du ein Stempelkissen?“
Im Schreibtisch ihrer Mutter fand Miriam tatsächlich ein Stempelkissen und ein Blatt Papier, auf dem sie nun Fingerabdrücke mit Stempelfarbe machte.
Diese hatten das gleiche Muster wie die kleinen Abdrücke auf dem Zettel.

„Wir sollten eine Fingerabdruckkartei mit Stempelfarbabdrücken aller verdächtigen Personen anlegen. Die vergleichen wir mit den Abdrücken auf dem Zettel - und - hops! haben wir die Täter“, sagte Jana.
„Du kannst doch nicht einfach ins Büro stürmen und alle bitten, mal eben auf das Stempelkissen und dann auf ein Blatt Papier zu fassen. Schließlich bist du nicht die Polizei. Außerdem arbeitet dieser ‘M’ vielleicht nicht beim SCS“, antwortete Miriam.
„Ja - mit der Fingerabdruckkartei, das könnte schwierig werden“, gab Jana zu. „Aber ‘M’ arbeitet wahrscheinlich doch im SCS. Denn er oder sie hat geschrieben: P. S.: Dann machen wir dem Chef eine lange Nase!“
Freddi hatte nachgedacht. „Wenn wir die Stempelkissenabdrücke nicht bekommen, könnten wir doch auf dem Tresor nach Fingerabdrücken suchen!“
„Auf keinen Fall! Wenn wir in das Büro gehen, machen uns an dem Tresor zu schaffen und werden erwischt, kriegt meine Mutter noch mehr Ärger. Reicht denn dieser Zettel nicht als Beweis dafür, dass Elfriede Pirseler den Tresor geknackt hat?“, fragte Miriam.
Jana und Freddi schüttelten gleichzeitig die Köpfe.

„Der Brief ist unterschrieben mit: M. ‘M’ könnte doch auch ‘Martina’ heißen. Deine Mutter würde erst recht unter Verdacht geraten“, erklärte Freddi.
„Wir müssen herausfinden, wer ‘M’ ist. Und Freddis Idee, den Tresor unter die Lupe zu nehmen, ist auch gut. Freddi und ich werden das alleine machen. Uns kennt ja hier keiner“, sagte Jana.
Obwohl Miriam nicht wohl dabei war, beschlossen die drei zum SCS-Büro zu fahren.
Jana packte Pinsel, Stempelkissen, Funkgeräte, Pulver und Plastiktütchen, um eventuelle Beweisstücke zu sichern, ein. Kurz darauf standen sie an der Haltestelle und warteten auf die Straßenbahn zur Innenstadt.

IN DEN HÄNDEN VON FRAU JUNKE

Die Ausflugsdampfer auf dem großen Fluss dümpelten träge in der braunen Flut. Im strömenden Regen lagen die Anlegestege fast verlassen da. Tief hängende Wolken schienen beinahe die Spitzen der beiden Domtürme zu berühren. Nach dem sonnigen Morgen war das Wetter am Nachmittag wieder so miserabel wie am Vortag.

Miriam starrte trübsinnig durch die beschlagenen Fenster der Straßenbahn.

Jana und Freddi dagegen wischten sich Gucklöcher, um möglichst viel von Domstadt zu sehen.

Miriam wünschte, sie wäre zu Hause geblieben. Die ganze Detektivarbeit war purer Blödsinn. Was hatten sie denn schon erreicht? Sie hatten ein Beweisstück, das ihrer Mutter nur schaden konnte.

Und wenn Jana und Freddi jetzt irgendeinen Unsinn machten, würde die Lage noch schlimmer. Ob Mama vom Arbeitsamt eine neue Arbeitsstelle bekommen würde?
„Miriam, denk doch mal nach! Arbeitet noch jemand bei Herrn Steimer? Es muss noch jemanden geben, der einen Vornamen mit M hat“, riss Janas Stimme Miriam aus ihren Gedanken.
„Wenn viel zu tun ist, stellt Steimer schon mal Aushilfen ein. Aber wie die heißen, weiß ich doch nicht“, murmelte Miriam unwillig.
An der nächsten Haltestelle mussten sie aussteigen. In einer Seitenstraße unweit des Domes lag das Gebäude, in dem Herr Steimer sein Büro angemietet hatte. Ein modernes, hohes Haus, an dem sich dunkelblau gerahmte Fensterfronten mit spiegelblank poliertem grauen Stein abwechselten. Neben der gläsernen Eingangstür war eine Reihe von Messingschildern angebracht, denen man entnehmen konnte, was alles in diesem Haus zu finden war. Im Erdgeschoss, beispielsweise, gab es ein Büro einer Versicherungsgesellschaft und eine Anwaltskanzlei.
'Steimers Computer Service' teilte sich die erste Etage mit einer Zahnarztpraxis.

Die drei trennten sich vor der Eingangstür. Miriam wollte trotz des Regens nicht einmal mit in den Flur des Gebäudes kommen. Sie hatte so große Angst erkannt zu werden, dass sie lieber mit dem einen Funkgerät unter der Regenjacke und tief ins Gesicht gezogener Kapuze draußen stehen blieb.
Jana und Freddi nahmen den Aufzug zum ersten Stock. Die eine Treppe hätten sie zwar vermutlich schneller zu Fuß gehen können, aber in Dinkelsbach gab es keine Häuser mit Aufzug. Daher fand Jana es einfach 'schick', den Fahrstuhl zu benutzen. Das taten sie dann auch ausgiebig. Erst fuhren sie hoch in den zehnten Stock, anschließend runter in den Keller und wieder hoch. Bis Freddi meinte, sie sollten Miriam nicht unnötig lange im Regen stehen lassen und endlich an die Arbeit gehen.
„Wir denken uns besser Decknamen aus, falls uns jemand nach unseren Namen fragt", sagte Jana, als der Aufzug abwärts zur ersten Etage surrte.
„Ist das nötig? Hier kennt uns doch sowieso keiner", gab Freddi zurück.
„Na eben", kicherte Jana. „In Dinkelsbach weiß jeder, dass wir Jana Peters und Freddi Bürger sind. Aber hier könnte ich mich doch beispielsweise

‘Russische Großfürstin Tatjana von Nowosibirsk’ nennen.“

„Klar! Und ich bin ‘Fürst Boris von Stroganoff’. Sehr russisch sehen wir aber nicht aus“, bemerkte Freddi.

„Hast Recht“, lenkte Jana ein. „Ein Allerweltsname ist als Tarnung auch unauffälliger. Wie wär’s mit Steffi Meier? In meiner Klasse gibt es gleich drei Steffi Meier. Eine allerdings mit a und y. Und du heißt Stefan Müller.“

Freddi war einverstanden, obwohl es in seiner Klasse nicht einmal einen einzigen Stefan Müller gab. Mittlerweile hatte der Aufzug im Ersten gehalten. Jana entdeckte beim Aussteigen, dass man die Fahrstuhltür geöffnet halten konnte, wenn man die Lichtschranke unterbrach. Daher blieb sie zurück und probierte aus, ob man den Aufzug blockieren konnte, wenn man die Lämpchen im Türrahmen abwechselnd zuhielt.

Freddi war das ziemlich peinlich. Sie hatten Miriam doch hoch und heilig versprochen, keinen Ärger zu machen. Er ging links in den Flur und stellte sich vor die Zahnarztpraxis. Das Büro des SCS war zwar auf der rechten Seite, aber Freddi traute sich nicht

alleine davor zu warten.

Gerade als er die Geduld verlor und Jana ordentlich die Meinung sagen wollte, öffnete sich die Tür der Zahnarztpraxis. Eine stämmige, blonde Sprechstundenhilfe im weißen Kittel trat heraus und sah Freddi.

„Na, mein Kleiner? Wie heißt du denn?“, fragte sie freundlich.

Freddi wäre am liebsten davongelaufen, aber die Frau versperrte ihm geschickt den Weg.

„Ich - äh - ich heiße - äh ...“, Freddi überlegte angestrengt. Wie war doch gleich sein Deckname? „Ich heiße Stefan M...Müller“, stammelte Freddi schließlich.

„Ach - du bist der kleine Müller? Dann bist du ja viel zu spät! Der Doktor wartet schon auf dich, er wollte dir den Backenzahn um 15.45 Uhr ziehen!“ Damit packte sie den widerstrebenden Freddi am Arm und

zerrte ihn in die Praxis.
Freddi brach der Angstschweiß aus.
„Das ist ein Missverständnis. Ich bin in Wirklichkeit Freddi Bürger - äh nein - Bräuer und habe hier keinen Termin“, schrie er verzweifelt.
Aber die kräftigen Arme der Frau im weißen Kittel hielten erbarmungslos fest.
„Brauchst doch nicht zu lügen, Stefan. Hast du solche Angst vor dem Onkel Doktor? Es tut gar nicht weh, das bisschen Bohren“, versuchte ihn die Blondine zu beruhigen.
Offenbar hatte der Doktor den Lärm gehört. Er steckte den Kopf aus dem Behandlungszimmer und rief lachend: „Lassen Sie den Jungen gehen, Fräulein Junke. Frau Müller hat soeben angerufen und den Termin abgesagt. Sie haben wirklich den Falschen erwischt - Müllers gibt es schließlich häufig!“
Fräulein Junke errötete und ließ Freddis Arm los. „Entschuldigung, Kleiner. Hier - das schenke ich dir!“ Sie drückte Freddi ein Zahnputz-Set mit dem Aufdruck ‘Morgens putzen, abends putzen, immer Blitzodent benutzen’ in die Hand und schob ihn auf den Flur.

Draußen stieß er fast mit der aufgeregten Jana zusammen.
„Hey - Freddi. Findest du, dass ausgerechnet jetzt der richtige Zeitpunkt ist, um dir eine neue Zahnbürste zu besorgen? Sooo schlimm wird es wohl nicht sein, wenn du dir zwei Tage nicht die Zähne putzt. Ich hab schon gedacht, dass du entführt worden bist!"
„Ich bin auch entführt worden", sagte Freddi böse. „Wegen deiner blöden 'Allerweltsnamen-sind-die-besseren-Decknamen'-Idee wäre ich beinahe einen Backenzahn losgeworden."
Er berichtete, was vorgefallen war, und schloss: „Ein Fürst Boris von Stroganoff hatte heute bestimmt keinen Zahnarzttermin."
Jana zuckte mit den Schultern. „Tut mir Leid, Freddi. Aber habe ich jemals behauptet, das Leben als Detektiv mit geheimen Decknamen sei ungefährlich? Du kannst dich ja jetzt Fürst Stroganoff nennen. Nur gib mir nicht die Schuld, wenn du dann nicht von Zahnärzten, sondern von russischen Agenten entführt wirst", versuchte sie ihn zu besänftigen.
Freddi war allerdings keineswegs besänftigt. Wenn er vor etwas auf der Welt wirklich Angst hatte,

so waren es Zahnärzte. Allein der typische Geruch in der Praxis verursachte ihm Übelkeit.

„Lass mich doch mit deinen Sprüchen in Ruhe. Wenn du die Gefahr so liebst, kannst du ab jetzt alleine ermitteln. Ich gehe runter zu Miriam“, knurrte er und verschwand über die Treppe ins Erdgeschoss.

DECKNAME: STEFFI STROGANOFF

Damit hatte Jana nicht gerechnet. Jetzt stand sie mutterseelenallein vor der, passend zu den Fensterrahmen, dunkelblau lackierten Tür.
Auf einem goldenen Schild war zu lesen:

SCS worldwide
Steimers Computer Service
Inh. Bruno Steimer
Bürozeiten: Mo.-Fr. 8.00 - 17.00 Uhr
Termine und Beratung nach Absprache

Rechts neben der Tür befand sich der Klingelknopf. Golden natürlich, passend zum Türschild.
Vor Miriam und Freddi spielte Jana gerne die Mutige. Mit Freddi zusammen hätte sie sich auch

bestimmt getraut zu schellen. Aber allein? Sie legte den Finger auf den goldenen Knopf - zog ihn aber rasch wieder zurück.
Ja - wenn sie einen Detektivausweis hätte - dann würde sie klingeln, ins Büro marschieren und ... und?
Jana hatte sich keine Gedanken gemacht, wie sie eigentlich vorgehen wollte. Sie hatte gehofft, dass ihr schon etwas einfallen würde. Oder, dass Freddi und Miriam etwas einfallen würde. Jana gestand es sich ungern ein, aber oft hatte Miriam die rettenden Ideen. Nein. Ein Detektivausweis würde auch nicht helfen. Sie musste nachdenken.
Sie wollte irgendwie versuchen Fingerabdrücke von Frau Pirseler zu bekommen. Am besten natürlich auch von den anderen Mitarbeitern. Und sie nahm sich vor herauszufinden, ob eine Aushilfe im Büro arbeitete. Eine, deren Name mit 'M' begann.
Da kam Jana eine Idee. Sie zog einen Zettel aus dem Rucksack und schrieb 'M' darauf. Wenn sie diesen Zettel Frau Pirseler unter die Nase hielt, würde die vielleicht glauben, dass Jana eine Verbündete sei. Möglicherweise würde sie dann etwas ausplaudern. Oder die Sekretärin würde annehmen, dass ihr

geheimer Auftraggeber enttarnt sei und sich durch eine unüberlegte Panikhandlung verraten.
Jana nahm ihren ganzen Mut zusammen und drückte auf den Klingelknopf.
„Ja - wer ist da, bitte?“, meldete sich eine freundliche Stimme aus einem winzigen Lautsprecher neben der Tür, den Jana jetzt erst bemerkte.
„Hier ist Jan - äh - Steffi Stroganoff“, stotterte Jana überrumpelt.
Ein Türöffner summte leise und Jana trat ein. Sie stand im Empfangsraum des Büros. Der Raum sah überaus vornehm aus. Alles schien golden oder dunkelblau zu sein. Sogar die hagere Dame, die an dem dunkelblauen Schreibtisch saß, passte zur Einrichtung mit ihrem meerblauen Kostüm und der dicken Goldkette. Jana traute sich kaum über den goldgelben Teppich zu gehen, denn ihre Schuhe waren ziemlich nass von dem Regenwetter.
„Was möchtest du denn, mein Kind?“, wollte die Dame wissen. Ihr gehörte also die freundliche Lautsprecherstimme. Neben ihr auf dem Schreibtisch lag ein Gamsbarthütchen. Demnach musste sie Frau Pirseler sein. Jana marschierte kühn zum Schreibtisch, ließ den Rucksack zu Boden gleiten

und hielt Frau Pirseler den Zettel mit dem großen 'M' unter die Nase. Mit der anderen Hand schob sie unauffällig das Stempelkissen auf die Tischplatte, in der Hoffnung, Frau Pirseler würde versehentlich hineinfassen.
Die Sekretärin blickte verwundert auf den Zettel. Falls sie jetzt glaubte, ihr Spionagering sei enttarnt, ließ sie sich jedenfalls nichts anmerken.
Sie fragte erstaunt: „Was bedeutet das? Sag schon, trau dich nur. Oder sprichst du nur Russisch?“
Jana, der im Moment die Ideen ausgingen, was sie antworten sollte, hielt es für das Beste, so zu tun, als ob sie nur Russisch spräche. Das würde ihr auf jeden Fall eine Erklärung ersparen, was sie eigentlich wollte.
„Stroganoff, Moskau, Moskau“, sagte sie. Das waren die einzigen russischen Wörter, die ihr einfielen.
„Ah - das 'M' bedeutet Moskau“, rief Frau Pirseler. „Dann sammelst du wohl Spenden für die Not leidenden Kinder in Moskau?“ Sie kramte in ihrer Handtasche herum, drückte Jana eine Mark in die Hand und schob sie aus der Tür.
Als Jana wieder im Flur stand, fiel ihr auf, dass ihr Rucksack noch vor dem Schreibtisch lag. Was nun?

Einfach wieder ins Büro marschieren? Nach ihrem Auftritt als Steffi Stroganoff, die nur Russisch sprach, traute sie sich das nicht.

Unschlüssig stand Jana auf dem Flur herum. Da öffnete sich die blaue Tür und ein großer, dunkelhaariger Mann trat heraus. Ob das Herr Steimer war?

„Tschüss Frau Pirseler. Bis morgen“, rief er.

„Wiedersehen, Herr Schulz“, hörte Jana Frau Pirseler sagen.

Herr Schulz hatte Jana nicht gesehen, da er, ohne sich umzusehen, Richtung Treppe ging. Er hatte die Tür zugezogen, doch sie war nicht ins Schloss gefallen.

Jana schlich näher und spähte durch den Spalt. Dort lag ihr Rucksack. Frau Pirseler hatte ihn offenbar noch nicht bemerkt.

Jetzt stand die Sekretärin auf, holte einen Ordner aus dem Regal und verschwand. Jana hörte eine Tür zuschlagen.

Das war die Gelegenheit! Hineinschleichen, den Rucksack schnappen und dann ab die Post.

Lautlos pirschte Jana über den Teppich, lautlos hob sie den Rucksack auf und wollte gerade wieder hinaushuschen, als ihr das Stempelkissen einfiel.

Es musste noch auf dem Schreibtisch stehen. Sie sah sich suchend um. In diesem Moment öffnete sich die Tür auf der linken Seite des Zimmers. Sekundenbruchteile, bevor Frau Pirseler wieder in den Empfangsraum trat, ging Jana hinter dem L-förmigen Schreibtisch in Deckung. Zur Eingangstür konnte sie jetzt nicht mehr, ohne gesehen zu werden. An der rechten Wand des Raumes befanden sich zwei Türen. Die eine war nur angelehnt. In goldenen Buchstaben stand 'WC' darauf.

Das ist die Rettung, dachte Jana und krabbelte auf allen vieren an dem Schreibtisch entlang. Sie drückte die Tür auf und schlängelte sich in den kleinen, dunklen Raum. Atemlos lehnte sie sich an die Wand. Ihr Herz klopfte bis zum Hals. Ob es strafbar war, sich in ein fremdes Büro zu schleichen? Na - jedenfalls würde es Ärger geben, wenn sie hier erwischt würde. Vermutlich würde herauskommen, dass sie die Nichte von Martina Dellbrück war. Ja und dann würde Tante Martina noch schlechter dastehen als zuvor. Vielleicht würde Herr Steimer annehmen, dass Tante Martina sie hergeschickt hatte, um Disketten zu klauen? Oje - sie durfte nicht daran denken. Nachdem sich Jana wieder etwas

beruhigt hatte, erhob sie sich und spähte durch das Schlüsselloch in den Empfangsraum.

Wenn die Sekretärin noch einmal in den Nebenraum gehen würde, wollte Jana sofort abhauen, ohne sich weiter um das Stempelkissen zu kümmern. Sie würde Tante Martina von ihrem Taschengeld ein neues kaufen.

Aber Frau Pirseler tat ihr nicht den Gefallen, in den Nebenraum zu gehen. Sie räumte ihren Schreibtisch auf. Da! Sie hatte das Stempelkissen in der Hand. Sie sah es verwundert an, schüttelte den Kopf und legte es in eine Schublade. Und dann - Jana glaubte ihren

Augen nicht zu trauen - nahm Frau Pirseler eine Diskette aus der Schublade und steckte diese in einen Umschlag, den sie in ihrer Handtasche verschwinden ließ. Jetzt war für Jana alles klar. Dort am Schreibtisch saß die Diebin! Dass diese Frau die Dreistigkeit besaß, am hellen Tag noch eine zweite Diskette zu stehlen!
Sicher war sie eine ausgekochte Spionin.
Eine Tür ging auf und zu - es musste die neben der WC-Tür sein, hinter der Jana hockte. Ein Schatten verdunkelte das Schlüsselloch. Jana hatte das Gefühl, ihr Herz würde stehen bleiben. Wenn jetzt jemand auf die Toilette wollte? Nun fiel wieder Licht durch das Schlüsselloch und sie konnte einen blonden Jungen erkennen, der sich von Frau Pirseler verabschiedete. Jana schätzte ihn auf sechzehn - so alt war nämlich auch der Bruder ihrer Freundin Bettina. Das musste Peter, der Praktikant, sein. Er sah ziemlich bleich aus und schien ein nervöser Typ zu sein. Denn er zuckte heftig zusammen, als sich die Tür auf der linken Seite des Raumes öffnete und Herr Steimer hereintrat. Dass dies Herr Steimer sein musste, war Jana gleich klar. Jana hatte die Szene gut im Blick, denn die Tür lag genau gegenüber.

Herr Steimer war klein und untersetzt, trug einen cremefarbenen Anzug mit blauer Krawatte und eine Goldrandbrille.
Passend zur Büroeinrichtung. Seine Unterhosen sind bestimmt auch blau mit goldenen Streifen, fuhr es Jana durch den Kopf.
„Nun, Peter - wie gefällt es dir hier bei uns?“, wollte er wissen.
„Danke, Herr Steimer, sehr gut. O ja - wirklich sehr gut, ja“, murmelte Peter.
In diesem Moment begann es in Janas Rucksack leise zu piepsen und zu knacken. Das Funkgerät! Natürlich! Miriam und Freddi machten sich vermutlich Sorgen um sie. Hoffentlich hatte keiner da draußen das Piepsen gehört. Jana fingerte hektisch an dem Rucksack, um das Walkie-Talkie herauszubekommen.
„Hallo, Jana“, schallte es nun laut, doch gleichzeitig schepperte etwas im Empfangsraum. Das war Janas Glück. Sie fand das Funkgerät, schaltete es aus und schaute ängstlich durch das Schlüsselloch. Hatten die draußen etwas gehört?
Nein, denn dieser Peter hatte offenbar genau im richtigen Moment den Schirmständer neben der

Garderobe umgeworfen. Der Krach hatte den Funkspruch übertönt.
Nachdem Peter die Schirme wieder aufgestellt hatte und gegangen war, standen nur noch Herr Steimer und Frau Pirseler im Büro. Jana kaute nervös an ihren Fingernägeln. Solange die beiden vor der Tür standen, kam sie hier nicht raus.
„Herr Steimer - jetzt, wo keiner mehr hier ist, muss ich Sie etwas fragen. Ist es Ihr Ernst, dass Sie Frau Dellbrück einfach so rausschmeißen?“, begann Frau Pirseler.
Scheinheilige Kuh, dachte Jana erbost. Jetzt hat sie wohl ein schlechtes Gewissen, weil andere ihre Untaten ausbaden müssen.
Jana konnte Herrn Steimer nun nicht mehr sehen, er war ein Stück zur Seite getreten, aber seine Stimme klang verärgert, als er antwortete.
„Fangen Sie auch damit an? Herr Schulz ist mir heute schon mit diesem Thema auf die Nerven gegangen. Die Dellbrück hat eine Programm-Diskette geklaut. Gut - das hätte ich ihr nicht zugetraut. Aber Mitarbeiter, die stehlen, kann ich hier nicht brauchen. Ich finde es sehr anständig von mir, dass ich sie nicht direkt bei der Polizei angezeigt habe.

Ich habe ihr gesagt, wenn sie mir die Diskette wieder zukommen lässt, lasse ich die Sache auf sich beruhen. Das ist doch fair?“

„Und wenn sie die Diskette nicht hat? Überhaupt - selbst wenn Frau Dellbrück das Programm hätte stehlen wollen, glauben Sie nicht, sie hätte eine Kopie angefertigt und die Originaldiskette wieder in den Tresor gelegt?“, bohrte Frau Pirseler weiter, während sie Mantel und Hut anzog.

Herr Steimer lachte böse. „Nee, liebe Pirseler. Die Diskette war kopiergeschützt. Sie hätte keine Kopie machen können. Außerdem ist die Dellbrück die Einzige, die außer mir den Zahlencode vom Tresor für diese Woche kennt.“

Jana hörte, wie die Eingangstür geöffnet wurde. Nun konnte sie auch Frau Pirseler nicht mehr sehen. Die Tür klappte wieder zu und ein Schlüssel drehte sich im Schloss.

Schlagartig wurde Jana klar, in was für einer Lage sie sich jetzt befand.

Sie war eingeschlossen!

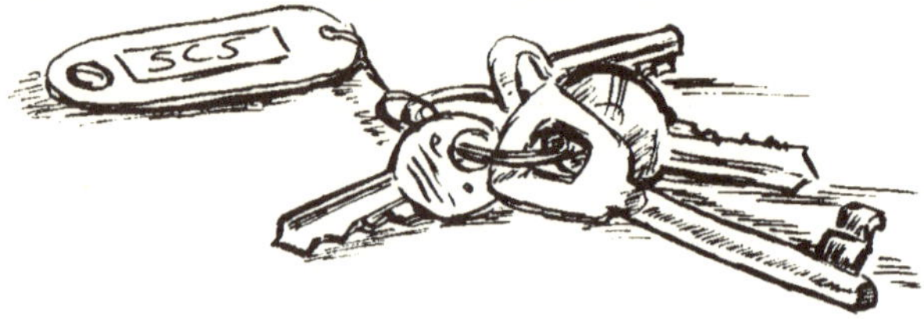

ES MUSS NICHT IMMER KAVIAR SEIN

Miriam und Freddi warteten ungeduldig vor dem Eingang des Bürohauses. Nass und durchgefroren beobachteten sie, wie die Leute das Gebäude verließen. Zuerst die Angestellten der Anwaltskanzlei und nach und nach viele andere, die im Haus arbeiteten. Unter anderen kam auch Herr Schulz.
„Mensch - die machen alle Feierabend. Um fünf schließen die Büros. Wo steckt Jana bloß?“, fragte Miriam aufgeregt.
Sie versuchten Jana über Funk zu erreichen, aber ohne Erfolg. Als schließlich auch Herr Steimer und Frau Pirseler im Parkhaus nebenan verschwunden waren, beschlossen Miriam und Freddi nach Jana zu suchen. Sie fanden sie weder im Flur noch im Aufzug. Ratlos standen sie vor der Bürotür mit dem

goldenen Schild. Da knackte plötzlich das Funkgerät: „Miriam? Freddi? Könnt ihr mich hören? Wo seid ihr?“

Freddi antwortete: „Jana - endlich - wir stehen vor dem Büro. Und du?“

Miriam und Freddi hörten Schritte im Büro.

„Ich bin hier drin. Eingeschlossen. Gerade habe ich mich im Büro umgesehen. Ich komme hier nicht raus. Aus dem Fenster kann ich auch nicht ohne Leiter. Was soll ich bloß tun?“ Janas Stimme klang dumpf hinter der Tür und es hörte sich fast an, als ob sie weinte.

„Jana - heulst du?“, erkundigte sich Freddi mitfühlend.

„Na-hein - natürlich ni-hicht“, behauptete Jana.

Miriam überlegte angestrengt, wie sie Jana herausbekommen konnten. Ob der Hausmeister einen Schlüssel zum Büro besaß? Aber wenn sie den Hausmeister baten Jana zu befreien, würde er das mit Sicherheit Herrn Steimer melden.

„Hallöchen - wat macht ihr denn hier?“ Eine tiefe Frauenstimme ließ Miriam und Freddi herumfahren.

Im Gang hinter ihnen stand eine zierliche, kleine

Frau mit pechschwarzen Locken. Sie hatte einen roten Kittel an und trug eine rote Umhängetasche mit dem Aufdruck 'Putzblitz Reinigungsinstitut'.
„Wir - wir spielen hier Verstecken“, sagte Miriam schnell.
„Dat kann isch verstehen, dat ihr bei dem Regen lieber im Haus spielt“, lachte die Frau. „Aber lasst euch nit vom Hausmeister erwischen, sons gibtet aber Ärjer!“
Sie zog einen Schlüsselbund aus der Kitteltasche und schloss die Bürotür auf.
Miriam und Freddi hielten den Atem an.
Das war ihre Chance. Miriam zog ihre Schülerfahrkarte aus der Jacke und ließ sie zu Boden fallen.
„Schauen Sie mal - ich glaube, Ihnen ist was aus der Tasche gefallen“, rief sie und zog die Frau an ihrem Ärmel. Die drehte sich auch tatsächlich um, ging ein Stück von der Tür weg und hob die Karte auf.
„Schülerkarte - nee, Kind. Dat is nit meine. So jung bin isch nu ooch nit mehr“, sagte sie.
Miriam stellte sich neben sie und nahm der Putzfrau die Karte aus der Hand. „Na so was. Das ist ja meine!“
Währenddessen hatte Freddi die Tür leise auf-

gedrückt und Jana mit Handzeichen angedeutet sich herauszuschleichen.
Gerade als Jana auf Zehenspitzen aus der Tür getreten war, drehte sich die Frau wieder um.
„Wat is dat denn - nu seid ihr ja plötzlich drei“, wunderte sie sich. „Ach - sischer dat. Ihr habt ja Verstecken gespielt. Sach bloß, hier sin noch mehr?“
Jana fiel ein Stein vom Herzen. „Nein - bloß wir drei“, seufzte sie.

In der Straßenbahn berichtete Jana haarklein, was sie erlebt hatte. Miriam konnte einfach nicht glauben, dass Frau Pirseler die Diskette genommen hatte.
„Aber die Beweise sprechen doch für sich“, sagte Jana. „Wir haben den Brief, den du in der Mülltonne gefunden hast. Ich habe gesehen, wie Elfie Pirseler heute noch eine Diskette eingesteckt hat. Und wir haben Fingerabdrücke.“
„Ja - auf dem Brief. Doch wissen wir nicht einmal, ob sie tatsächlich von ihr stammen“, gab Miriam zurück.
Jana lächelte triumphierend: „Wir werden es gleich wissen!“ Mit einer Geste wie ein Zauberer, der ein Kaninchen aus dem Hut hebt, zog sie ein Plastik-

tütchen aus ihrem Rucksack.
„Was ist das?“, fragte Freddi.
„Das Stempelkissen. Leider hat Frau Pirseler nicht hineingefasst. Aber sie hat es in der Hand gehabt. Also müssen ihre Fingerabdrücke auf dem Deckel sein. Wir brauchen sie nur noch sichtbar zu machen und mit denen auf dem Brief zu vergleichen“, erklärte Jana.

In der dellbrückschen Wohnung angekommen, machte sich Jana gleich daran, den Deckel des Stempelkissens mit schwarzem Pulver einzupudern. Über die drei Abdrücke, die sichtbar wurden, klebte sie ein Stück klares Klebeband. Das rieb sie fest an, zog es dann vorsichtig ab und klebte es auf ein Stück weißes Papier. Sie beschriftete es ordentlich mit: ‘Fingerabdrücke der Hauptverdächtigen, Frau Elfriede Pirseler, Sekretärin’.
Nur ein Fingerabdruck war richtig deutlich zu erkennen. Freddi hatte den Brief geholt. Die schwarzen Flecken, die erst bei sehr genauem Hinsehen ein feines Linienmuster aufwiesen, lagen alle an den Rändern des Papiers. Zum Teil überlagerten sie sich, waren verwischt oder unvollständig. Selbst Miriam,

die eine Lupe besorgt hatte, konnte nicht mit Sicherheit sagen, ob Frau Pirselers Abdrücke dabei waren oder nicht.
Jana war enttäuscht. Sie hatte es sich so einfach vorgestellt, Fingerabdrücke zu vergleichen. Aber es war äußerst mühsam und anstrengend.
„O nein - jetzt haben die Geschäfte schon geschlossen“, unterbrach Miriam plötzlich. „Ich wollte doch einkaufen und etwas Tolles für Mama kochen. Sie kommt sicher gleich heim!“
Sie sprang auf und lief in die Küche. Freddi folgte ihr. Gemeinsam durchforsteten sie alle Schränke. Viel fanden sie nicht: etwas Toastbrot und zwei Brötchen vom Frühstück, eine halbe Gurke, drei schimmelige Tomaten, ein Paket Kartoffelpüree, etwas Schinken und fünf Eier.
„Wir machen Kartoffelpüree mit Rührei und Schinken“, entschied Miriam.
„Es ist keine Milch mehr da. Für Püree braucht man Milch“, warf Freddi ein. „Aber ich habe noch was Tolles in meinem Rucksack - was ganz Besonderes!“
Er lief in Miriams Zimmer, wo Jana immer noch über den Fingerabdrücken brütete, und fischte eine kleine, runde Dose aus seinem Gepäck.

In der Küche hielt er Miriam die Dose unter die Nase. „Na - was sagst du jetzt? Echter russischer Kaviar. Wir machen ‘Kaviarhäppchen à la Stroganoff’.“
Miriam lächelte: „Das bisschen soll für uns alle reichen? Was ist das für ein Zeug?“
„Das ist eine Delikatesse. Man isst nur ganz wenig davon, denn Kaviar ist sehr teuer“, erklärte Freddi. „Aber wir können ja Rührei und Toast dazu machen.“ Er öffnete die Dose.
Miriam pickte neugierig eines der winzigen, schwarzen Kügelchen heraus und steckte es in den Mund. „Brrr - schmeckt ja ekelhaft. Total fischig“, sagte sie.
Freddi probierte und verzog ebenfalls das Gesicht: „Hm - man muss das Zeug vermutlich kochen oder braten. Fisch isst man ja auch nicht roh.“
Miriam nickte: „Glaube ich auch. Ich bin für braten. Ich mag nämlich keinen gekochten Fisch.“
Sie stellte eine Pfanne auf den Herd, goss Öl hinein und erhitzte es ordentlich.
„So - rein mit der Delikatesse“, sagte Freddi und kippte die glänzenden Perlchen in das heiße Fett.
Mit einem Schlag hatten Miriam und Freddi das Gefühl, in eine wilde Schießerei geraten zu sein. Es zischte und krachte wie bei einem Feuerwerk.

Die Kaviarperlen verwandelten sich urplötzlich in kleine Geschosse, die meterweit durch die Küche katapultiert wurden.
„Aua - ah - schnell raus hier“, schrie Miriam, die von einigen glühend heißen Kügelchen am Hals getroffen wurde.
Freddi hatte es an der Hand erwischt.
Gemeinsam flohen sie aus der Küche und warfen die Türe hinter sich zu. Miriam raste in das Zimmer ihrer Mutter, kam mit Motorradhelm auf dem Kopf, Handschuhen an den Händen und einem Bettlaken um sich gewickelt wieder zurück.

Freddi kam ihr mit einem aufgespannten Regenschirm zu Hilfe.
So ausgerüstet stürzten sie in die Küche und rissen die Pfanne vom Herd.
Wohl keine Sekunde zu früh, denn das Ganze schien kurz davor zu sein, in Flammen aufzugehen. Das Öl war viel zu heiß geworden und der Kaviar hatte sich recht regelmäßig über die Küche verteilt: An den Wänden, an der Decke, auf dem Fußboden und den Möbeln - überall klebten zerplatzte, schwarze Kügelchen. Blauer Qualm zog durch die Wohnung, es roch ganz unbeschreiblich nach verkohltem Fisch.
„Was habt ihr denn gemacht?“, fragte Jana entsetzt.
„Kaviar à la Stroganoff. Eine Delikatesse“, stöhnte Miriam und zog sich den Helm vom Kopf. „Der Küchenchef empfiehlt: Unter ständigem Rühren in den Abfluss gießen.“
Mit vereinten Kräften beseitigten die drei die gröbsten Spuren des Kaviar-Unfalles. Nur an der Decke und der Lampe klebten noch Reste ihrer Kochkunst, als Frau Dellbrück nach Hause kam.
„Ich habe Pizza mitgebracht“, rief sie. „Sagt mal - hier riecht es so komisch. Habt ihr in der Küche ein chemisches Experiment gemacht?“

'M' WIRD ENTTARNT!

„Mögt ihr Pizza?“, wollte Frau Dellbrück wissen, als sie alle um den Wohnzimmertisch versammelt saßen.
„O ja. Ich finde, die italienische Küche ist doch viel besser als die russische“, sagte Freddi.
Miriams Mutter lachte. „Wie kommst du denn gerade auf russische Küche? Mir fällt im Moment gar kein russisches Gericht ein.“
„Na - Kaviar zum Beispiel. Wird Kaviar eigentlich gekocht oder gebraten?“, erkundigte sich Miriam mit unschuldiger Miene.
„Weder noch. Man isst ihn so. Na - mein Geschmack sind diese Fischeier jedenfalls nicht. Ich esse lieber Pizza“, erklärte Frau Dellbrück.
Miriam schluckte. Fischeier? Ihr wurde noch nachträglich übel bei dem Gedanken, vorhin ein rohes

Fischei probiert zu haben.
„War jedenfalls ‘ne gute Idee, Pizza mitzubringen“, beendete Jana das Thema.
„Habt ihr euch heute schon den Dom angesehen?“, fragte Frau Dellbrück. Die Kinder nickten und sie fuhr fort: „Es tut mir Leid, dass ich so wenig Zeit für euch habe. Ich muss nach dem Essen noch mal fort. Aber am Wochenende, wenn die Ämter sowieso geschlossen haben, können wir eine Fahrt mit dem Ausflugsdampfer machen.“
„Gerne“, strahlten Jana und Freddi.
„Und ihr seid mir nicht böse, dass ich gleich wieder weg bin? Ich muss mich noch mit Thomas Schulz treffen. Es ist sehr wichtig“, entschuldigte sie sich.
Miriam spürte, dass ihre Mutter die Sorgen nur mühsam vor den Kindern verbergen konnte. Sie traute sich gar nicht zu fragen, was der Gang zum Arbeitsamt ergeben hatte.
„Mach dir keine Gedanken um uns“, sagte sie schnell. „Und morgen kümmern wir uns um das Essen. Wir gehen auch einkaufen, nicht wahr?“
Jana und Freddi nickten.
Frau Dellbrück erhob sich. Sie hatte nicht einmal die Hälfte ihrer Pizza gegessen.

„Ihr seid wirklich lieb. Es wäre toll, wenn ihr einkaufen gehen könntet, ich werde es wohl morgen nicht schaffen. Tschüss - und geht nicht so spät ins Bett!“

Nachdem Jana, Miriam und Freddi gemeinsam gespült hatten, zog sich Jana wieder in Miriams Zimmer zurück. Sie hatte ihre Fingerabdruck-Beweissicherung noch nicht aufgegeben. Die Abdrücke auf dem linken Papierrand hatte sie bereits vor dem Essen mit denen von Frau Pirseler verglichen. Nun nahm sie sich den rechten Rand vor.

Miriam und Freddi wollten derweil die letzten Kaviarspritzer von der Küchendecke beseitigen.

Jana brütete genervt über dem Zettel und markierte die Fingerspuren, die sie bereits kontrolliert hatte und die nicht übereinstimmten.

Rechts unten befand sich ein Abdruck, der deutlicher als die anderen war. Es schien ein Daumenabdruck zu sein. Aber er stimmte nicht mit den Abdrücken überein, die sie vom Deckel des Stempelkissens genommen hatte. Jana hob das Stempelkissen, das vor ihr stand, enttäuscht hoch und wollte es zur Seite stellen. Dabei fiel ihr auf, dass ihr

Daumen die Unterseite des Kästchens berührte. Dort hatte sie nicht nach Abdrücken geschaut. Rasch staubte sie auch die Unterseite mit Pulver ein. Und da war er: Frau Pirselers Daumenabdruck. Er glich aufs Haar dem, der in der rechten Ecke des Briefes zu sehen war.

Begeistert stürmte Jana in die Küche: „Ich hab den Beweis! Frau Pirseler hat den Brief mit den Tresorzahlen in der Hand gehabt. Jetzt müssen wir noch 'M' enttarnen. Und - hops - haben wir den Spionagering."

„Toll. Fangen wir doch gleich an hier im Haus Fingerabdrücke zu sammeln. Wenn wir alle Einwohner von Domstadt durchhaben, brauchst du nur noch die Abdrücke mit denen auf dem Brief zu vergleichen, und in etwa zehn Jahren haben wir 'M'. Wenn er dann noch lebt", spottete Freddi.

Miriam und er hatten sich Schürzen umgebunden und hielten einen Besen und einen Schrubber in den Händen. Damit versuchten sie die letzten schwarzen Flecken von der Decke zu kratzen.

Jana versuchte beleidigt zu gucken, aber Freddi hatte schon Recht. Mit den Fingerabdrücken kamen sie im Moment nicht weiter.

„Ihr zwei seid die perfekte Putzkolonne", spöttelte

sie deshalb zurück. „Ihr könntet euch im ‘Putzblitz Reinigungsinstitut’ bewerben.“
Miriam ließ den Schrubber fallen. „Mensch - ‘Putzblitz’! Die Putzfrau. Dass ich darauf nicht gekommen bin!“
„Worauf gekommen?“, fragte Freddi erstaunt.
Jana hatte kapiert: „Klar! Die Putzfrau arbeitet auch für Steimer. Sie hat einen Büroschlüssel. Und sie ist vermutlich genau zur Tatzeit im Büro gewesen. Nach fünf und vor acht. Denn kurz vor acht war deine Mutter im Büro und die rote Diskette war verschwunden.“
„Ah - dann ist *sie* vermutlich die geheimnisvolle ‘M’“, nickte Freddi. „Wir müssen herausfinden, wie sie heißt.“
„Das wird nicht allzu schwierig“, sagte Jana. „Wir rufen bei ‘Putzblitz’ an und fragen, wie die Frau heißt, die Steimers Büro putzt.“
Sie lief zum Telefon, schrieb aus dem dicken Telefonbuch die Nummer von ‘Putzblitz’ heraus und wählte.
„Hier ist der Anrufbeantworter der Firma ‘Putzblitz Reinigungsinstitut’. Das Büro ist nicht besetzt. Bitte hinterlassen Sie Ihre Nachricht nach dem Signalton. Pieep - “

Jana legte den Hörer auf. „Keiner da. Eigentlich klar - es ist ja schon fast neun. Aber die Stimme auf dem Anrufbeantworter kam mir so bekannt vor."

„War es die Stimme der Putzfrau?", wollte Freddi wissen.

Jana schüttelte den Kopf. „Nein - ganz bestimmt nicht!"

„Laß mich mal hören", sagte Miriam und wählte die Nummer. „Das ist - das ist die Stimme von Frau Pirseler", rief sie erstaunt.

„Du hast Recht", nickte Jana. „Elfriede Pirseler! Die Dame scheint ein Doppelleben zu führen. Tagsüber die brave Sekretärin und abends die Chefin eines Spionageringes. Getarnt als Reinigungsinstitut. Vielleicht schickt sie lauter als Putzfrauen verkleidete Agentinnen in die verschiedenen Büros.

Die tun nur so, als würden sie sauber machen. In Wahrheit aber räumen sie Tresore aus!"
„Wenn wir nur daran gedacht hätten, einen Fingerabdruck von der Putzfrau zu nehmen", sagte Freddi.
Miriam dachte nach. „Haben wir doch!", rief sie aufgeregt und lief zu ihrer Jacke, die über der Heizung zum Trocknen ausgebreitet lag.
Vorsichtig, mit spitzen Fingern zog Miriam ihre Schülerfahrkarte aus der Jackentasche. Die Karte steckte in einem Etui aus klarem Plastik. „Hier, Jana. Die Karte hat sie in der Hand gehabt!"

Miriam hatte Recht gehabt. Es waren Fingerabdrücke auf der Plastikhülle. Und wunderbar deutlich! Jana sicherte die Abdrücke, wie sie zuvor die von Frau Pirseler auf dem Stempelkissen gesichert hatte, und verglich sie mit dem Brief.
„Volltreffer! Jetzt haben wir einen handfesten Beweis. 'M' - das ist die Putzfrau!", jubelte Jana, denn der erste Fingerabdruck oben links entsprach genau einem von den neuen Abdrücken.
Miriam las den Zettel noch einmal durch. „Irgendetwas ist komisch an der Sache", murmelte sie. „In dem Brief hört es sich an, als ob die Putzfrau die

Zahlenkombination herausgefunden hat und nicht Frau Pirseler."

„Wer die Zahlen zuerst wusste, ist doch nun egal. Jedenfalls stecken die zwei unter einer Decke. Wir gehen jetzt zu Frau Pirseler und zwingen sie zu einem Geständnis", sagte Jana.

„Wie willst du das denn machen? Immerhin könnte die Frau gefährlich sein. Sie ist doch Chefin einer getarnten Verbrecherfirma", wandte Freddi ein.

Jana überlegte. „Wir sagen einfach, dass wir Beweise gegen sie in der Hand haben. Und wir lassen Tante Martina einen Zettel hier, damit sie weiß, wo wir sind. Falls Elfriede Pirseler irgendwelche faulen Tricks macht und uns in ihrer Wohnung einsperrt oder so. Außerdem kann einer von uns vor der Wohnung stehen bleiben und die Polizei oder die Nachbarn alarmieren, wenn die anderen nicht wieder herauskommen."

„Na - *die* Nachbarn würde ich nicht gerne alarmieren", sagte Freddi. Er dachte daran, wie die alte Frau sie heute Morgen aus dem Haus gejagt hatte.

Miriam war nicht wohl bei der Sache. Andererseits hatte sie eigentlich keine Angst vor der netten Frau Pirseler. Sie wollten schließlich nur zu einem ganz normalen Haus drei Straßen weiter gehen, es war sicher noch eine ganze Weile hell und vielleicht würde Jana doch der Mut verlassen, wenn sie dort waren.

„In Ordnung“, sagte sie und schrieb einen Zettel für ihre Mutter, den sie gut sichtbar auf den Esstisch legte.

DER FALSCHE SCHALTER

Es hatte aufgehört zu regnen. Doch auf dem schwarzen Asphalt glänzten große Pfützen. In der ruhigen Straße, in der Frau Pirseler wohnte, fuhren fast keine Autos mehr. Hinter vielen Fenstern brannte schon Licht, denn bei dem trüben Wetter schien die Dämmerung früher zu kommen. Warmes, gelbes Licht von Wohnzimmerlampen oder bläulich flackerndes von Fernsehgeräten.

Die Kinder standen unschlüssig in der dunklen Toreinfahrt des Hauses. Die Haustür war abgeschlossen.

„Soll ich bei ihr klingeln?“, fragte Jana.

In diesem Moment hörten sie Schritte im Flur und die Tür wurde aufgeschlossen. Rasch gingen sie im Hof in Deckung. Die Schritte hallten nun in der Einfahrt und verklangen dann.

Jana lugte um die Hausecke. „Das war Frau Pirseler! Wir müssen ihr unauffällig folgen!“
Frau Pirseler hatte ihr schickes, blaues Kostüm gegen eine dunkle Hose und ein schwarzes Jackett getauscht. Aber das Gamsbarthütchen wippte unverkennbar auf ihrem Kopf.
„Jetzt zeigt sie ihr wahres Gesicht“, flüsterte Jana.
Die Kinder hielten einen großen Abstand und hofften, dass sie sich nicht umsehen würde. Denn mittlerweile schien kein Mensch mehr auf den Straßen zu sein. Es wäre Frau Pirseler unweigerlich aufgefallen, dass sie verfolgt wurde.
Doch Frau Pirseler sah sich nicht um. Sie ging und ging. Erst war sie nach links in eine Seitenstraße verschwunden. Die Kinder glaubten schon, sie hätten sie verloren, als die Straße menschenleer vor ihnen lag. Doch dann sahen sie, dass die Sekretärin am Ende einer noch kleineren Straße, die gleich rechts von der Seitenstraße abging, um die Ecke bog.
Sie rannten hinterher, um Frau Pirseler nicht aus den Augen zu verlieren. Obwohl sie nicht so furchtbar weit von der Kopernikusstraße entfernt sein konnten, war Miriam noch nie in dieser Gegend gewesen.

Die Häuser hier waren schmal und schäbig. Eine fette Ratte huschte an ihnen vorbei und verschwand in einem Kellerfenster. Frau Pirseler war wieder hinter einer Straßenecke verschwunden.
„Sollen wir nicht lieber umkehren?“, flüsterte Miriam.
„Lass uns wenigstens sehen, wo sie hingeht“, antwortete Jana. „Sie führt uns bestimmt in ihr Verbrechernest. Die Gelegenheit ist einmalig.“ Sie ging weiter und Miriam und Freddi mussten ihr wohl oder übel folgen.
Hinter der Straßenkehre hörten die Häuser auf, denn die Straße führte unter einer Autobahnbrücke durch. Die Geräusche der über ihnen rasenden Autos hörten sich von unten wie ein dumpfes, fernes Brausen an. Hinter den riesigen, grauen Betonsäulen, auf denen die Brücke ruhte, leuchteten dicke Wolken, die von der Abendsonne rot angestrahlt wurden.
„Schade, dass ich meinen Fotoapparat nicht dabeihabe, das ist doch ein toller Sonnenuntergang, nicht wahr?“, sagte Jana, um Miriam und Freddi aufzuheitern.
„Halt den Rand“, knurrte Freddi. „Wir sind hier

nicht auf Fotosafari."

Als ob Frau Pirseler das gehört hätte, schaute sie sich um. Die drei gingen hinter einer Betonsäule in Deckung. Die Sekretärin hatte sie wohl nicht bemerkt, denn sie ging weiter. Auf der anderen Seite der Autobahn stand hohes Gebüsch, das den weiteren Verlauf der Straße verdeckte. Sobald Frau Pirseler außer Sicht war, gingen die Kinder ihr nach. Hinter den Büschen stieß die kleine Straße auf eine größere, die parallel zur Autobahn verlief. Hier standen keine Wohnhäuser mehr, sondern Fabrikgebäude, flache Lagerhallen und hohe Silotürme, die von Zäunen umgeben waren.

Frau Pirseler war wie vom Erdboden verschwunden.

„Mist. Sie muss irgendwo reingegangen sein. Aber wo?", fragte Jana halblaut.

Ihnen schräg gegenüber lag ein riesiges, altes Backsteingebäude mit merkwürdigen Türmchen und Zinnen. Die dunklen Fenster waren schmal wie Schießscharten, die Toreinfahrt dagegen gähnte wie ein riesiges Maul.

„Sieht aus wie ein Gruselschloss", flüsterte Miriam.

'Becker's Margarinefabrik, Inh. Gebrüder Becker, gegründet 1894' stand auf einem steinernen

Schriftband über dem Tor. Die Einfahrt wurde von zwei gigantischen Steinfiguren flankiert, die das Spruchband zu stützen schienen.
Freddi fröstelte. Was für ein unheimliches Gebäude! Auch wenn es bloß eine alte Margarinefabrik war - wer sagte denn, dass nicht die Geister der verstorbenen Gebrüder Becker durch die leeren Hallen spukten?
„Lasst uns abhauen. Wir wissen ja nicht, wohin Frau Pirseler verschwunden ist“, sagte er.
Wie eine Antwort flackerte in einem der schmalen Fenster ein kaltes, blaues Neonlicht auf.
Keiner sagte etwas. Zaudernd schauten sie zu dem Fenster im Obergeschoss hinauf.

„Wir können uns ja wenigstens mal umsehen“, meinte Jana und überquerte mit betont forschen Schritten die Straße.
Freddi und Miriam sahen sich an und gingen langsam hinterher.
In der düsteren Einfahrt hing eine Holztafel, auf die jemand mit weißer Farbe geschrieben hatte: ‘Zu den Firmen: Fotoatelier Moritz und Berger, Schreinerei Albrecht, Designstudio Art & Grafik, Haase Antikmöbel, Putzblitz Reinigungsinstitut, Inhaberin: M. Arpel. Bitte gehen Sie über den Hof, 2. Tür rechts‘.
Dort stand es weiß auf schwarz: M. Arpel. Sie hatten Recht gehabt. Die Putzfrau war das geheimnisvolle ‘M’. Nun konnte Jana nichts mehr aufhalten. Sie folgte dem Pfeil und verschwand um die Ecke. Die Rückseite der Fabrik sah ganz anders aus als die Seite zur Straße. Hier gab es riesige Fensterflächen, die aus kleinen, quadratischen Scheiben in Metallfassungen zusammengesetzt waren. Zu ebener Erde waren vier schwere Metalltüren. Die zweite Tür stand einen Spaltbreit offen, ein Lichtstrahl fiel heraus.
Als Freddi und Miriam Jana eingeholt hatten, sagte Jana: „Ich schaue mich mal drinnen um. Gebt mir ein Funkgerät mit und haltet hier Wache.“

„Funkgerät? Die Funkgeräte liegen zu Hause auf dem Tisch“, fiel Freddi ein. Keiner von ihnen hatte daran gedacht, sie mitzunehmen.
„Hier im Hof bleibe ich nicht“, sagte Miriam. „Lieber gehe ich mit rein. Lasst uns doch zusammenbleiben, ja?“
Jana und Freddi nickten. Sie quetschten sich durch den Türspalt, da die Tür aussah, als ob sie höllisch quietschen würde, wenn man sie weiter öffnete. Plötzlich huschte ein schwarzer Schatten zwischen Freddis Beinen hindurch. Freddi starrte voller Schreck in die großen, gelben Augen, die ihm aus der Finsternis entgegenfunkelten.
„Och - wie süß! Eine schwarze Katze“, flüsterte Jana und beugte sich vor, um das Tier zu streicheln.
Doch die Katze fauchte nur und verschwand nach draußen.
Freddi war sich nicht sicher, ob nicht die Geister der Gebrüder Becker in Gestalt von schwarzen Katzen hier herumspukten.
Das Treppenhaus, in dem sie nun standen, war nur spärlich beleuchtet. Eine breite Steintreppe mit ausgetretenen Stufen und einem verzierten Eisengeländer führte nach oben. Neben der Treppe gab

es einen altertümlichen Aufzug, der nicht aus einer geschlossenen Kabine, sondern aus einer Art Gitterkäfig bestand. An der Gittertür hing ein verrostetes Schild mit der Aufschrift: ‘Außer Betrieb’.
Da sie das Licht in einem der oberen Stockwerke gesehen hatten, schlichen sie die Treppe hoch. Auf jedem Treppenabsatz gingen Flure nach rechts und links ab, die aber jeweils nach wenigen Metern mit Türen verschlossen waren. Einige waren alte Holztüren, vor denen dicke Ketten mit Vorhängeschlössern hingen, andere Türen schienen ganz neu eingebaut. ‘Designstudio Art & Grafik’ stand an einer der neuen Türen im zweiten Geschoss.
Auf halber Treppe zum vierten Stock verlosch plötzlich das Flurlicht.
Miriam klammerte sich erschrocken an Janas Jacke.
„Lasst uns wieder runtergehen“, bat sie mit zittriger Stimme.
„Ist gut. Aber wir gehen noch diese Treppe hoch und machen das Licht wieder an, ja?“, stimmte Jana zu, denn auf der Treppe standen an einer Stelle Farbeimer herum, über die man im Finstern leicht fallen konnte.
Sie tasteten sich an der Wand entlang die letzten

Stufen bis zum nächsten Geschoss hinauf. Wieder ging ein Flur nach beiden Seiten ab. Auf der linken Seite drang Licht unter einem Türspalt durch. Keiner sprach mehr ein Wort, denn dort, hinter der Tür, musste das Verbrechernest sein. Freddi fühlte über die Flurwand auf der rechten Seite. Seine Finger fanden einen Schalter. Ein bisschen groß zwar für einen Lichtschalter, aber darüber dachte er nicht weiter nach. Er wollte schnellstens aus dieser unheimlichen Fabrik heraus und dass, ohne sich die Beine zu brechen. Der Schalter ließ sich nicht kippen, daher drückte Freddi mit aller Kraft dagegen, bis es 'klack' machte.

Wenn er ein Erdbeben ausgelöst hätte, es hätte nicht mehr Krach machen können! Ein Poltern und Rattern ertönte. Es quietschte und rumpelte, dass das Treppenhaus zu wackeln schien. Der Lärm kam zunächst von unten, wurde dann lauter und rückte immer näher.

Starr vor Schreck klammerten sich die drei aneinander fest.

„Der Aufzug!“, begriff Freddi. „Ich habe auf den Schalter für den Aufzug gedrückt!“

In diesem Moment wurde die linke Flurtüre aufgerissen. Kopflos vor Angst rannten die drei nach rechts in den dunklen Gang. Sie hatten Glück! Die Tür am Ende war unverschlossen. Der Raum, in dem sie nun standen, war lang gestreckt und leer, bis auf einige Werkzeugschränke und einen Bretterstapel an der Wand. Das konnten die Kinder in dem letzten Dämmerlicht, das durch die Fenster hereinfiel, erkennen.

„In den Schrank!", kommandierte Jana.

Sie quetschten sich wie die Ölsardinen in den nächsten Schrank und zogen die Türen zu.

„Zeigt eusch, ihr feigen Kerls, eusch werd isch heimleuschten!", brüllte draußen im Gang eine bekannte Stimme. Die Putzfrau! „Wo steckt ihr Halunken? Isch mach eusch fertisch!"

Nun wurde die Werkstatttür geöffnet. Licht drang durch die Ritzen des Schrankes. Die Kinder hielten den Atem an.

„Hier ist keiner, Marga. Vielleicht hat dieser Höllenlärm, den der Aufzug macht, die Leute verjagt." Das war Frau Pirselers Stimme.

„Weißte, Elfie, hier ham sie letzte Woche eingebrochen. Beim Antik-Haase. Nun muss isch immer höllisch aufpassen!"

„Wie lange kann man die Luft anhalten, wenn man zu dritt in einem Schrank steht?“, fragte sich Jana. Sie hatte das Gefühl, kurz vor dem Ersticken zu sein. Wenn Marga und Elfie Pirseler nicht gleich gingen, dann ...

Jana holte tief Luft und atmete dabei so viel Staub ein, dass sie niesen musste. Bloß das nicht! Entsetzt hielt sie sich die Nase zu, doch der Niesreiz schüttelte ihren ganzen Körper. Jana stieß gegen Freddi, Freddi gegen Miriam und Miriam gegen die Schrankwand. Bums! machte es. Nicht sehr laut, aber laut genug, dass Marga und Frau Pirseler es hören mussten. Die drei in ihrem dunklen Versteck erwarteten nun, dass die Schranktür aufgerissen würde, doch nichts dergleichen geschah.

Stattdessen hörten sie, wie die Tür zum Treppenhaus abgeschlossen wurde.

„Ha - ihr Schufte - jetzt sitzt ihr wie ‘ne Maus in der Falle! Isch rufe nu die Polizei!“, rief Margas Stimme triumphierend aus dem Flur zu ihnen herein.

Zum zweiten Mal an diesem Tag war Jana eingeschlossen. Nur waren Freddi und Miriam diesmal mit dabei und keine Putzfrau würde zufällig die Tür aufschließen. Jana war sich nicht sicher, ob es schlimmer war, von Frau Pirseler und Marga oder von der Polizei gefasst zu werden. Immerhin würde die Polizei ihnen nichts antun, aber es würde ganz so aussehen, als ob sie den Einbruch bei Antik-Haase verübt hätten.

Manchmal stellte sie sich vor, wie ihr Bild in den Abendnachrichten über den Fernsehschirm flimmerte: Die berühmte Detektivin Jana Peters fasste wieder einmal Juwelendiebe! Nun würde es vermutlich heißen: Minderjährige Einbrecher sind auf frischer Tat ertappt und zu zehn Jahren Zuchthaus verurteilt worden ...!

Miriam hatte wohl etwas Ähnliches gedacht: „Ob sie uns in Handschellen abführen werden?“, fragte sie mit bebender Stimme.

Draußen fuhr ein Auto vor und bog in die Hofeinfahrt. Die Eingangstür quietschte, Schritte kamen die Treppe herauf. Konnte das schon die Polizei sein?

Jana öffnete die Schranktür und lief zum Fenster. Der Wagen musste in der Einfahrt stehen geblieben sein, denn er war nicht mehr zu sehen.

„Hallo - wer ist da?“ Das war Frau Pirselers Stimme.

„Ich bin es!“, antwortete eine Männerstimme.

„Schön, dass ich Sie hier treffe, Frau Pirseler. Haben Sie heute Miriam Dellbrück, ihre Kusine Jana und ihren Freund Freddi gesehen?“
Jana hielt den Atem an. Das war kein Polizist. War es ein Komplize von Frau Pirseler und Marga?
„Nein, wie kommen Sie darauf? Wir haben momentan ganz andere Probleme. Gerade haben wir dort drinnen Einbrecher gefangen!“, sagte die Sekretärin.
In diesem Moment rief eine Stimme aus dem Treppenhaus: „Thomas? Sind die Kinder da?“
Miriam raste zur Tür und trommelte mit ihren Fäusten dagegen: „Mama - Mama! Wir sind hier drin!“

DAS GESTÄNDNIS

Die Tür wurde geöffnet. Frau Dellbrück schloss Miriam in ihre Arme. „Kinder - ich habe solche Angst um euch gehabt! Was habt ihr eigentlich hier gewollt?“

„Dat wüsst isch auch jerne!“ Marga stemmte die Arme in die Seiten und blitzte die Kinder böse an. „Erzählt bloß nit, ihr hättet wieder Verstecken gespielt.“

Jana schluckte: „Wir wissen, dass die beiden da den Tresor in Steimers Büro geknackt und die rote Diskette gestohlen haben. Tante Martina ist unschuldig. Das können wir beweisen!“

„Wir?“, fragte Frau Pirseler erstaunt. „Was für Beweise? Spioniert ihr mir schon den ganzen Tag nach? Du bist doch heute im Büro gewesen und hast

dich Steffi Stroganoff genannt, nicht wahr?“
„Moment“, unterbrach Frau Dellbrück. „Steffi Stroganoff? Da komme ich nicht mit: Wolltet ihr meine Unschuld beweisen? Nun erzählt ganz genau, was ihr gemacht habt!“
„Isch verstehe überhaupt nischts“, erklärte Marga. „Kommt alle ma mit rein.“
Das ‘Putzblitz Reinigungsinstitut’ erwies sich als ein Raum, ähnlich dem, in dem die Kinder vor kurzem eingeschlossen gewesen waren. Nur, dass es hier kein bisschen gruselig aussah: blaugrauer Teppichboden, weiße Wände, die noch nach frischer Farbe rochen, ein Schreibtisch, zwei Stühle und einige leere Regale. An einer Wand lehnten Bilder, mitten im Raum standen Umzugskartons voller Ordner.
„Tschuldigen Sie, dat et hier so aussieht. Isch rischte misch gerade ein. Meine Freundin Elfie wollte mir heute helfen die Bilder aufzuhängen und die Regale einzuräumen“, erklärte Marga.
Nachdem sich alle auf Stühle oder Kartons gesetzt hatten, forderte Frau Dellbrück Miriam auf zu erzählen.
Miriam rutschte unruhig auf ihrem Karton hin und her. Sie fand es sehr schwierig, Frau Pirseler, die

immer freundlich zu ihr gewesen war, ins Gesicht zu sagen, dass sie sie für eine Diebin hielt. Aber schließlich war der Brief doch eindeutig - oder nicht?

Also erzählte Miriam von dem Brief, den sie in der Mülltonne gefunden hatte.

Frau Pirseler und die Putzfrau brachen in schallendes Gelächter aus, als sie das hörten.

„Nun ist mir klar, warum ihr uns verdächtigt habt“, sagte Frau Pirseler. „Aber die Erklärung für den Brief ist ganz einfach: Marga und ich spielen jeden Mittwoch zusammen Lotto. Wir suchen uns immer abwechselnd die Zahlen aus, die wir auf dem Lottoschein ankreuzen. Das letzte Mal war Marga an der Reihe, sich die Glückszahlen auszudenken. Da Marga meist erst ins Büro kommt, wenn ich schon fort bin, hat sie mir den Zettel mit den Zahlen für den nächsten Morgen auf den Schreibtisch gelegt. Ich habe dann den Lottoschein ausgefüllt, beim Büdchen abgegeben und den Brief in den Müll geworfen.“

„Und - haben Sie viel Geld gewonnen?“, fragte Freddi interessiert.

„Nee - leider nit. Sonst hätten wir jetzt schon eine Südseeinsel gekauft und säßen nit in ’ner ollen

Margarinefabrik“, sagte Marga grinsend.
„Warum haben Sie heute im Büro eine Diskette eingesteckt und mitgenommen und weshalb ist Ihre Stimme auf dem Anrufbeantworter von ‘Putzblitz’ “, wollte Jana nun von Frau Pirseler wissen.
„Die Diskette habe ich in einen Umschlag gesteckt und zur Post gebracht. Ein Kunde brauchte ganz dringend bestimmte Dateien“, erklärte die Sekretärin und fuhr fort: „Gegenfrage: Woher weißt du das?“
Nun musste Jana erzählen, wie sie sich nach ihrem Auftritt als Steffi Stroganoff in der Bürotoilette versteckt hatte.
Marga unterbrach: „Dann würdest du ja jetzt noch im Büro sitzen, wenn isch nit gekommen wäre. Übrigens war Elfie so freundlisch, hier ‘nen Text auf den Anrufbeantworter zu sprechen, weil sie so ’ne vornehme Stimme hat. Bisher war isch ja meine einzige Angestellte, aber jetzt mit diesem schönen neuen Büro soll ‘Putzblitz’ ’ne große Firma werden. Da muss sisch auch dat Jerät jut anhören!“
Thomas Schulz, der bisher schweigend zugehört hatte, griff ein: „Nun sind ja die Verdachtsmomente unserer Detektive ausgeräumt. Fast die ganze Firma

SCS sitzt hier versammelt. Martina hat die Diskette nicht genommen, Sie beide nicht und ich auch nicht. Aber wer war es sonst?“

„Dann muss am Dienstagabend zwischen fünf und acht Uhr noch jemand im Büro gewesen sein“, sagte Jana.

„Dienstachabend? Ja sischer dat! Der Praktikant, dieser Peter, der war Dienstach viertel nach fünf noch mal da, weil er seine Brieftasche verloren hatte“, rief Marga. „Und isch Depp hab den Jungen sischer zehn Minuten im Büro allein jelassen, weil isch neue Staubsaujerbeutel holen musste.“

„Aber Peter Nobbe konnte doch die Zahlenkombination vom Tresor nicht wissen“, warf Miriams Mutter ein.

Frau Pirseler grübelte laut: „Vielleicht war er es trotzdem. Er war heute den ganzen Tag so nervös und wirkte ganz so, als hätte er etwas ausgefressen. Ich rufe ihn jetzt an.“

Entschlossen ging sie zum Telefon, suchte ein Notizbüchlein aus ihrer Tasche und wählte eine Nummer.

„Guten Abend, Frau Nobbe. Pirseler hier von Steimers Computer Service. Entschuldigen Sie, dass

ich so spät noch störe, aber kann ich Ihren Sohn sprechen? - Er ist in der Disco? - Er müsste bald nach Hause kommen? - Gut, richten Sie ihm bitte aus, dass er mich noch eine halbe Stunde lang im 'Putzblitz Reinigungsinstitut' erreichen kann. - Danke, auf Wiederhören, Frau Nobbe."
Frau Pirseler hängte den Hörer ein. „Peter Nobbe ist noch nicht da. Ich hoffe aber, dass er hier anruft, wenn er nach Hause kommt. Wollen Sie solange warten, Frau Dellbrück und Herr Schulz?"
Miriams Mutter warf einen Blick auf Jana, die nur mühsam ein Gähnen unterdrücken konnte. Miriam hatte sich an ihre Mutter gekuschelt und Freddi schien die Augen kaum noch offen halten zu können. „Die Kinder sind todmüde. Ich glaube, ich bringe sie am besten nach Hause und komme später zurück. Mich interessiert natürlich brennend, ob es wirklich Peter war, der mich so in Verdacht gebracht hat."
„Nein - wir sind doch die Detektive", protestierte Jana. „Du kannst uns nicht jetzt, wo die Sache aufgeklärt wird, einfach ins Bett stecken. Erzähl uns lieber, wie du uns hier gefunden hast. Miriam hatte dir doch nur geschrieben, dass wir bei Frau Pirseler sind."

„Eigentlich habt ihr für heute mit eurer Detektivspielerei genug Blödsinn gemacht“, erwiderte Frau Dellbrück. „Wenn ich nur daran denke, welche Angst ich ausgestanden habe. Ich war so froh, dass Thomas mir suchen geholfen hat. Neben der Nachricht, dass ihr bei Frau Pirseler seid, lag ein Zettel mit der Adresse von ‘Putzblitz’. Weil bei Frau Pirseler keiner war, sind wir anschließend hierher gefahren. So - und nun bringe ich euch heim.“

Draußen im Hof knatterte ein Mofa.

„Wer kann dat denn sein?“, wunderte sich Marga.

Jemand kam die Treppe herauf und klopfte zaghaft an die Tür.

Frau Pirseler öffnete: „Peter Nobbe? Kommen Sie rein!“

Der schlacksige, blonde Junge starrte ängstlich in den Raum. Seine Hände umkrampften den Motorradhelm wie einen Rettungsanker. Offenbar hatte er geglaubt, die Sekretärin allein zu treffen. Stattdessen fand er die Mitarbeiter des SCS, mit Ausnahme von Herrn Steimer, hier komplett versammelt, und dazu noch drei Kinder.
„Ich - ich glaube, ich weiß, warum Sie mich sprechen wollten“, stammelte er. „Ich - äh - ich war’s. Ich möchte Sie, Frau Dellbrück, um Entschuldigung bitten, aber es war nicht so, wie Sie denken ...“
„Um Entschuldigung bitten?“, donnerte Frau Pirseler. „Frau Dellbrück hat Ihretwegen ihren Job verloren. Sie steht unter Diebstahlverdacht!“
Peter sackte in sich zusammen. Er war kreideweiß im Gesicht. „Ich wusste doch nicht, dass der Steimer Frau Dellbrück rausschmeißt. Ich will alles wieder gutmachen. Als meine Mutter mir von Ihrem Anruf erzählt hat, bin ich doch sofort gekommen. Hier - hier ist die Diskette“, sprudelte er mit überschlagender Stimme heraus und zog aus der Innentasche seiner Jacke etwas Flaches, Knallrotes.
Das war sie also: die rote Diskette, derentwegen Miriams Mutter gekündigt worden war.

Frau Dellbrück blickte ungläubig darauf.
„Woher wusstest du die Zahlenkombination vom Tresor?“, fragte Jana.
Stammelnd und schlotternd berichtete Peter, was am Dienstagabend passiert war.
Er hatte nach Büroschluss seine Brieftasche vermisst und war zurückgekommen, um sie zu suchen. Nachdem er sie an seinem Arbeitsplatz nicht gefunden hatte, war ihm eingefallen, dass er mittags in Herrn Steimers Zimmer gewesen war. Er schaute sich um, während Frau Arpel die Staubsaugerbeutel holte, und entdeckte seine Brieftasche tatsächlich unter Herrn Steimers Schreibtisch. Sie musste ihm aus der Jacke gefallen sein. Als Peter sich bückte, um die Brieftasche aufzuheben, bemerkte er einen Klebestreifen, der von unten unter die Fläche des Tisches geklebt war. Peter zog das Klebeband ab und sah darunter einen Papierstreifen, auf dem die Zahlen 798321 standen. Neugierig geworden überlegte er, was das wohl bedeutete. Da war ihm die Idee gekommen, dass es die Tresorkombination sein könnte. Er heftete den Klebestreifen wieder unter den Tisch. Nur zum Ausprobieren, ob das stimmte, versuchte er das Zahlenschloss zu öffnen. Es ging

ganz einfach - der Tresor war offen. Zuoberst lag die rote Diskette. Peter hatte sich die Diskette nur anschauen wollen und sie in die Hand genommen.
In diesem Moment war Frau Arpel wiedergekommen. Ohne lange zu überlegen, hatte Peter die Tresortür zugeworfen und die Diskette in die Jackentasche gleiten lassen. Nun war es zu spät, die Diskette wieder zurückzulegen, denn Marga Arpel stand in der Tür und wollte wissen, ob er seine Brieftasche gefunden hätte.
„Ich konnte nur noch sagen, dass ich die Brieftasche gefunden hätte, und gehen“, schloss Peter. „Am anderen Morgen wollte ich die Diskette zurückbringen, aber immer war jemand in der Nähe. Und als ich mitgekriegt habe, dass Frau Dellbrück entlassen worden ist, habe ich erst recht Angst bekommen, dass jemand merkt, dass ich die Diskette habe.“
Peter Nobbe sah jetzt so verzweifelt aus, dass er Jana richtig Leid tat.
„Ich finde es zwar anständig von dir, Peter, dass du gekommen bist und den Diebstahl zugegeben hast“, begann Frau Pirseler. „Aber die Suppe, die du dir da eingebrockt hast, wirst du auch auslöffeln müssen. Du musst morgen zu Herrn Steimer gehen und ihm

alles erzählen."
„Ich habe eine Lehrstelle in Aussicht. Bei einer großen Computerfirma", antwortete Peter mit tonloser Stimme. „Damit sie mich nehmen, muss ich ein Praktikum gemacht haben und ein gutes Praktikantenzeugnis vorzeigen können. Ich kann mir nicht vorstellen, dass Herr Steimer mir ein gutes Zeugnis schreibt, wenn er erfährt, was ich gemacht habe. Wenn ich Pech habe, zeigt er mich vielleicht an. Und dann - Lehrstelle ade." Er hockte wie ein Häufchen Elend auf seinem Motorradhelm.
Sogar Frau Pirseler schien Mitleid mit Peter zu haben, denn ihre Stimme klang nun weniger streng: „Es bleibt dir nichts anderes übrig, als alles zuzugeben. Denk nur daran, wie Frau Dellbrück dasteht. Ohne Arbeit und ohne ein Empfehlungsschreiben, mit dem sie sich um eine Stelle bewerben könnte. Herr Steimer wird dich sicher nicht behalten, wenn er hört, dass du an seinem Tresor warst. Aber vielleicht kann ich ihm zureden, dass er dich nicht anzeigt."
Peter Nobbe nickte. Er nahm seinen Helm und die rote Diskette. „Frau Dellbrück - es tut mir wirklich Leid. Bitte nehmen Sie meine Entschuldigung an.

Ich werde Herrn Steimer morgen sagen, was passiert ist. Das hätte ich schon gestern tun sollen."

Miriams Mutter antwortete: „Ist gut, Peter."

Mit hängenden Schultern verließ der Praktikant den Raum.

MIRIAMS MUTTER KANN WIEDER LACHEN

Es war kein Wunder, dass Jana, Miriam und Freddi nach diesem Tag sofort einschliefen, als sie endlich in ihren Betten lagen.
Es war auch kein Wunder, dass sie am nächsten Morgen fürchterlich spät aufwachten.
Frau Dellbrück saß schon lange über einem Berg von Papieren am Tisch, als die Kinder aus Miriams Zimmer kamen. Sie blickte immer wieder zum Telefon und wirkte nicht sehr gesprächig.
„Mama - bist du uns böse wegen gestern Abend?“, fragte Miriam.
„Nun - ich habe mir schon große Sorgen gemacht, als ihr so spät noch nicht zu Hause wart. Und es ist ja auch nicht ungefährlich, nachts in eine fremde Fabrik einzudringen“, sagte Martina Dellbrück.

„Stellt euch mal vor, es wären tatsächlich Verbrecher in der Margarinefabrik gewesen. Ich darf nicht daran denken, was euch hätte passieren können. Bitte stürzt euch in Zukunft nicht mehr in solche Abenteuer."
„Immerhin ist durch unsere Detektivarbeit herausgekommen, wer die Diskette wirklich gestohlen hat. Auch wenn wir mit Frau Pirseler auf der falschen Fährte waren", versuchte Jana ihr Verhalten zu entschuldigen.
Miriams Mutter nickte. „Das stimmt. Ich finde es auch ganz lieb, dass ihr meine Unschuld beweisen wolltet. Aber das nächste Mal sagt ihr mir bitte Bescheid, wenn ihr solche gefährlichen Sachen vorhabt."
Das Klingeln des Telefons unterbrach ihr Gespräch. Frau Dellbrück schien auf einen Anruf gewartet zu haben, denn sie nahm Miriam, die abheben wollte, den Hörer aus der Hand.
„Dellbrück hier. - Ja, gut, Herr Steimer - ich komme gleich. Auf Wiederhören."
Lächelnd legte sie den Hörer auf. „Kinder - das war Herr Steimer. Er will mich sprechen. Ich fahre ins Büro!"

„Dürfen wir mit?“, bat Miriam.

Ihre Mutter rief gut gelaunt: „In Ordnung. Ich möchte meine Privatdetektive lieber im Auge behalten, damit sie nicht gleich über den nächsten Fall stolpern! Beeilt euch, ich will möglichst bald los.“

Kurz nachdem sie hastig ihr Frühstück beendet hatten, saßen die Kinder auf der Rückbank von Frau Dellbrücks kleinem Auto. Auf der Fahrt in die Innenstadt pfiff sie ein Lied.

Miriam war froh, dass ihre Mutter wieder so glücklich war.

Im Flur vor dem SCS-Büro trennten sie sich.

„Wartet hier auf mich - ich bin bald wieder da“, erklärte Frau Dellbrück und verschwand hinter der blauen Tür.

Jana konnte der Versuchung nicht widerstehen: Neugierig drückte sie ein Ohr an die Tür und versuchte mitzuhören, was drinnen besprochen wurde. Zum Glück schien das Gespräch im Empfangsraum stattzufinden, so dass Jana alles verstehen konnte.

„He - ich will auch was mitkriegen“, flüsterte Freddi. Miriam drängte sich ebenfalls daneben.

„Liebe Frau Dellbrück, der ganze Vorfall tut mir sehr Leid“, hörten sie Herrn Steimer sagen.

„Peter Nobbe hat die Diskette gestohlen. Auf der Diskette ist ein Programm, das ich für sehr viel Geld gekauft habe. Ich habe den Lümmel sofort gefeuert. Natürlich arbeiten Sie jetzt wieder hier. Ich werde Ihnen die beiden Tage, die Sie nicht gearbeitet haben, auch nicht vom Lohn abziehen."

„Das ist überaus großzügig von Ihnen, Herr Steimer", antwortete Frau Dellbrück. „Übrigens ist es gar nicht so natürlich, dass ich wieder hier anfange. Ich werde nicht mehr hier arbeiten und bin nur gekommen, um mir ein gutes Entlassungsschreiben geben zu lassen. Ich denke, das sind Sie mir schuldig."

„Herr Steimer, Sie können gleich zwei Arbeitszeugnisse anfertigen. Ich werde Sie zum Monatsende auch verlassen", hörten die Kinder Thomas Schulz sagen.

„Aber - das ist ja morgen! Das geht doch nicht! Dann habe ich gar keinen Programmierer mehr! Die Firma braucht Sie doch!" Herr Steimers Stimme klang äußerst beunruhigt.

„Das hätten Sie sich überlegen sollen, als Sie Frau Dellbrück einfach rausgeschmissen haben, ohne ihr die Chance zu geben, zu beweisen, dass sie un-

schuldig ist. Mein Entschluss steht fest - ich kündige“, antwortete Herr Schulz.
„Bedenken Sie doch, was für ein nettes Arbeitsklima wir hier im Betrieb haben“, flehte Herr Steimer.
„Finden Sie?“, fragte Frau Dellbrück spitz und fuhr fort: „Ich erwarte in den nächsten Tagen ein wirklich gutes Zeugnis von Ihnen und wünsche Ihnen viel Glück bei der Suche nach zwei neuen Programmierern. Auf Wiedersehen!“
Die Tür wurde so schwungvoll aufgerissen, dass die drei Detektive beinahe in das Büro gepurzelt wären. Sie sahen Herrn Steimer kreideweiß und zusammengesunken in einem Sessel sitzen.
Miriams Mutter störte es offenbar nicht, dass die Kinder gelauscht hatten. „Kommt, wir gehen Eis essen“, rief sie.
„Du, Mama“, fragte Miriam erstaunt, als sie nach draußen liefen. „Warum willst du nicht wieder bei SCS arbeiten? Hast du beim Arbeitsamt eine neue Stelle bekommen?“
„Nein, mein Schatz. Aber ich habe schon länger etwas geplant, das ich nun tun werde“, erklärte Miriams Mutter.
Sie waren in der Eisdiele angekommen und hatten

sich um einen Tisch gesetzt.
Martina Dellbrück zog ein flaches Päckchen aus ihrer Tasche und reichte es Miriam.
Gespannt riss Miriam das Einwickelpapier auf und hielt ein silbernes Schild in den Händen.
'Dellbrück & Schulz Computersysteme' stand darauf.
„Heißt das, du willst eine eigene Firma gründen?", fragte Miriam.
„Genau", strahlte ihre Mutter. „Zusammen mit Thomas Schulz. Ab heute wird mich kein Herr Steimer mehr herumkommandieren. Leider kann ich dir nicht versprechen, dass ich dann mehr Zeit für dich haben werde. Zu Anfang werden Thomas und ich sehr hart für die Firma arbeiten müssen."
„Das geht schon in Ordnung", sagte Miriam.
Auf der Straße fuhr ein Mofa vorbei.
Freddi starrte nachdenklich nach draußen und murmelte: „Ob der Peter Nobbe wohl noch einen Praktikumsplatz findet? Irgendwie tut er mir Leid, obwohl er an allem schuld ist."
Frau Dellbrück sagte: „Die Firma 'Dellbrück & Schulz' kann vielleicht einen Praktikanten brauchen."

„Aber ihr habt doch gar kein Büro“, warf Miriam ein.
„Noch nicht. Aber mir schwebt so was vor ... ich dachte da an eine alte Margarinefabrik“, antwortete Frau Dellbrück.
„Der gruselige, alte Kasten?“ Miriam runzelte die Stirn.
Martina Dellbrück beruhigte sie: „Warte ab, bis du das Gebäude mal bei Tage gesehen hast. Und wenn erst alles renoviert ist ... Ich war heute früh schon dort und habe mit Frau Arpel gesprochen. Ein Raum ist noch frei und die Miete ist sehr günstig.“
„Ich finde den gruseligen Kasten klasse, Tante Martina“, bemerkte Jana. „Wenn du dort bald ein Büro hast, könnten wir drei Detektive den Einbruch bei ‘Antik-Haase’ aufklären.“
Frau Dellbrück schüttelte lachend den Kopf: „Vielleicht sollte ich doch lieber ein anderes Büro mieten.“
Miriam und Freddi grinsten sich viel sagend an, doch Jana fuhr unbeirrt fort: „Den Antiquitätendieben muss das Handwerk gelegt werden. Ich hätte da auch schon eine Idee ...“

ENDE

JULIA VOLMERT

wurde 1965 in Warburg geboren. Nach dem Abitur arbeitete sie zunächst im Kindergarten, in einer Werbeagentur und Siebdruckerei, dann studierte sie Anglistik und Gestaltungstechnik an der Universität Wuppertal und anschließend Grafik-Design an der Fachhochschule Düsseldorf.
Neben weiteren Kinderromanen, wie die Bände über die 'Drei Detektive' oder 'Das halbierte Hexenbuch' sind auch einige Bilderbücher von ihr erschienen.

Weitere Kinderromane von
Julia Volmert:

DREI DETEKTIVE LÖSEN DEN PFERDEFALL

von *Julia Volmert*

128 Seiten, ISBN 3-930299-21-6

ab 6 Jahren, 2. Auflage

Jana, Miriam und Freddi ermitteln wieder! Als Jana heimlich im Detektivbüro übernachtet, sieht sie auf der gegenüberliegenden Bachseite ein gespenstisches, weißes Pferd. Da Jana nicht an Gespenster glaubt, sucht sie am nächsten Tag nach Pferdespuren und findet ein verlorenes Hufeisen. Sofort beginnen Jana, Freddi und Miriam mit den Ermittlungen, denn sie wollen in jedem Fall herausfinden, welches Geheimnis hinter den geheimnisvollen Pferd steckt. Und es trifft sich gut, dass sich Freddi in ein pferdebegeistertes Mädchen verliebt hat, sodass er ihr zuliebe Reitstunden nimmt. Dabei stößt Freddi im Reitstall auf eine interessante Entdeckung.

DREI DETEKTIVE AUF DER MEHLSPUR

von *Julia Volmert*

128 Seiten, ISBN 3-930299-00-3

ab 6 Jahren, 4. Auflage

Aus der Dorfkirche verschwinden 120 Mark in kleinen Münzen. Der Pfarrer macht gerade drei Tage Urlaub und die Pfarrhaushälterin Frau Steinbrink möchte nicht sofort die Polizei einschalten. Also erteilt Frau Steinbrink Jana und Miriam den Auftrag, die Spur des verschwundenen Kollektengeldes aufzunehmen. Schon bald haben die zwei den Verdacht, dass sich nachts jemand in der Dorfkirche herumtreibt. Zusammen mit Freddi streuen sie eine dünne Mehlschicht in der Kirche aus, um einen Fußabdruck des Kollektendiebes zu bekommen. Am nächsten morgen finden sie tatsächlich einen Fußabdruck. Doch der ist unheimlich groß und keiner im Dorf hat so große Füße. Mit Witz und Verstand klären die drei Detektive diesen, ihren ersten Fall, auch wenn zuletzt alles etwas anders kommt, als sie es sich gedacht haben.

Weitere Kinderromane von
Julia Volmert:

DREI DETEKTIVE AUF DEM HOLZWEG
von *Julia Volmert*
128 Seiten, ISBN 3-930299-04-6
ab 6 Jahren, 2. Auflage

Ob ein Bewohner aus dem Wiesenweg 14 ein Verbrechen plant? Sofort beschatten die drei Detektive den verdächtigen Mieter. Da bestätigt sich der Verdacht: Die drei Detektive beobachten, wie der Hauptverdächtige einen Hund in seine Wohnung schmuggelt. "Ein klarer Fall von 'Hundesentführung'", sagt Jana. Da verschwinden aus dem Hotel 'Zum Wilden Schwein' auch noch alle Klopapierrollen. Ob beide Fälle etwas miteinander zu tun haben? Dass bei den Ermittlungen der Drei wieder einmal einige im Dorf ins Schwitzen kommen, liegt sicherlich auch an den ungewöhnlichen und einfallsreichen Methoden der drei.

DAS HALBIERTE HEXENBUCH
von *Julia Volmert*
128 Seiten, ISBN 3-930299-13-5
ab 6 Jahren, 2. Auflage

Hexe Xenia langweilt sich und macht deshalb in ihrem Haus einen 'Überraschungstag'. Sie verhext ihre Sachen so, dass sich die Inhalte der Dinge vertauschen. So sind nun in der Suppenschüssel die Goldfische, dafür ist die Suppe im Aquarium. Leider vertauscht sich auch der Innenteil ihres besten Hexenbuches mit dem eines Kräuterbuches, das Xenia, nichts ahnend, auf dem Flohmarkt verkauft. Als sie diese 'Überraschung' bemerkt, macht sie sich auf die Suche nach dem Jungen, der das vermeintliche Kräuterbuch gekauft hat. Als der Junge merkt, dass er mit Hilfe des Buches hexen kann, wird es turbulent. Sein erstes Opfer ist Hamster Carlos, der sich statt in den heiß ersehnten Hund in eine meckernde Ziege verwandelt!
Mond und Sterne leuchten auf dem Umschlag leuchten im Dunkeln!

Weitere pfiffige Bücher von
Julia Volmert und Roy Apps:

MIA, MAJA
UND DER PONY-OPA
von *Julia Volmert*
160 Seiten, ISBN 3-930299-30-5
ab 6 Jahren

Eigentlich, so denkt Mia neidisch, hat ihre Freundin Maja das große Los gezogen: Die Freundin von Majas Vaters hat ein Pferd gekauft. Das ist doch fast wie ein eigenes Pferd, oder? Ist es nicht, stellen die beiden Mädchen enttäuscht fest. Denn Maja darf nicht auf dem Pferd reiten, ja, sie darf nicht einmal alleine in den Stall, denn es ist ein wertvolles Turnierpferd. Da ist Mia viel besser dran: Seit dem Umzug in das neue Haus wohnt sie direkt neben Opa Rogges Bauernhof und darf ein Pony reiten und pflegen. Als sich das Turnierpferd jedoch verletzt und eingeschläfert werden soll, wollen Mia und Maja das Pferd retten. Doch schon bald wird ihnen klar, dass sie Hilfe brauchen. Vielleicht weiß Opa Rogge Rat. Schließlich nennen ihn alle den Pony-Opa.

ROJEMAs ZEITREISE
von *Roy Apps*
128 Seiten, ISBN 3-930299-29-1
ab 6 Jahren

Rojema lebt im Jahr 2090 auf einer Weltraumstation. Manchmal träumt sie davon, wie das Leben auf der Erde in den neunziger Jahren des vorigen Jahrhunderts war. Ihre Oma besitzt eine Kiste mit Erinnerungsstücken aus dieser Zeit, die Rojema über alles liebt. Doch dann zerbricht Rojema versehentlich eine alte Glasvase aus Omas Kiste. Um diese zu ersetzen, tritt Rojema heimlich, im Weltraumkreuzer der Eltern, eine streng verbotene Zeitreise an. Sie hofft, dass ihre Ur-Oma, die beste Fußballspielerin aller Zeiten, ihr helfen kann. Doch auf der Erde unserer heutigen Zeit ist manches anders, als sie es sich gedacht hat, und Ur-Oma Sam ist nicht zu finden. Wie gut, dass sie Nick trifft, der ihr aus allen Schwierigkeiten heraushilft ...
Mit Raumschiff-Bastelbogen im Buch zum Kopieren.

Weitere Kinder-Krimi-Bände in der Reihe 'Detektive & Halunken':

EIN FALL FÜR OSKAR
von *Barbara Wendelken*
illustriert von *Falko Honnen*
128 Seiten, ISBN 3-930299-16-X
ab 6 Jahren

Da die Spülmaschine kaputtgegangen ist, fällt der diesjährige Urlaub von Oskar in Frankreich wegen Geldknappheit ins Wasser. Stattdessen soll Oskar ein paar schöne Tage im Zeltlager der freiwilligen Feuerwehr verbringen. An einer ehemaligen Kiesgrube! Oskar befürchtet das Schlimmste. Langeweile, öde Typen, mieses Wetter. Doch weit gefehlt! Kaum im Ferienlager angekommen, werden aus den Zelten der Kinder Sachen gestohlen. Unter Verdacht gerät Serdal, der mit Oskar und seinem Freund Fabio im gleichen Zelt ist. Doch Oskar glaubt nicht an Serdals Schuld und übernimmt den Fall. Nicht zuletzt um die große Schwester von Serdal, Ayshe, mit seinen unübertroffenen Spürnasen-Fähigkeiten zu beeindrucken.

DER GÄRTNER
HAT KEIN ALIBI
von *Gerda Wagener*
128 Seiten, ISBN 3-930299-06-2
ab 6 Jahren

Maren und Lisa (Decknamen: neraM und asiL) fahren mit ihrer Klasse in die Jugendherberge. Als sie auf Burg Drehstein, der Jugendherberge ankommen, erzählt ihnen die Köchin Elli von einer geheimnisvollen Diebstahlserie. Neben einem Kilo Waschmöhren verschwinden auch noch Dennis' superteure Turnschuhe. Maren und Lisa beginnen sofort mit den Ermittlungen. Alles spricht gegen den Gärtner, Herrn Pollmann. Die beiden Detektivinnen weihen Köchin Elli in ihren Verdacht ein. Doch schon bald müssen sie erfahren, dass Köchin Elli Herrn Pollmann alles brühwarm weitererzählt hat. Steckt etwa Köchin Elli mit dem Gärtner unter einer Decke?

Ein weiteres Leuchtbuch:

DIE GESPENSTERKINDER
UND IHRE FREUNDE
von *Gudula Kohn*
128 Seiten, ISBN 3-930299-23-2
ab 6 Jahren

Die Kinder aus der Kastanienallee 13 haben ein tolles Geheimnis. Sie wissen, daß in ihrem Haus zwei echte Gespensterfamilien mit ihren Gespensterkindern Viola und Otmar leben. Zusammen hecken sie so manchen lustigen Spuk aus. Doch dann erfahren sie, dass Zahnarzt und Kinderschreck Dr. Lamme ihren Spielplatz abreißen lassen möchte. Also schweben die Gespensterkinder abends in die Praxis von Dr. Lamme, um ihm das ‚Zähneklappern' beizubringen. Doch das alleine hilft nicht, um Dr. Lamme von seinem Plan abzubringen. Aber die Gespensterkinder und ihre Freunde geben nicht so leicht auf, und nicht nur der Zahnarzt bekommt noch so manchen Streich gespielt.

Noch ein kleiner Tipp für alle Detektive & Halunken.
Stellt man zwei Bände der Kinderkrimi-Reihe nebeneinander, ergibt sich auf den Buchrücken eine neue Schattenfigur. Das funktioniert bei jedem Band der Reihe und jeder Titel hat andere Figuren, sodass sich, wenn die Bände nebeneinander gestellt werden, viele verschiedene 'Detektive & Halunken' gegenseitig verfolgen.

Originalausgabe, 2. Auflage 1999
Neue Rechtschreibung

ISBN 3-930299-10-0